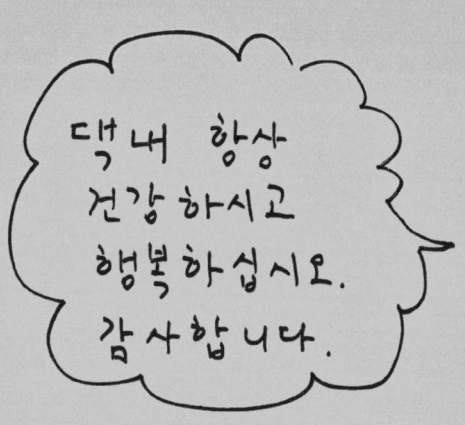

# 신낙엽군과 킹왕짱

# 신낙엽군과 킹왕짱

이진-정환 소설집

도화

## 차례

주름 만들기 / 7

넌 너의 기억을 믿니 / 35

스타를 꿈꾸는 / 59

숙제 / 83

신낙엽군과 킹왕짱 / 99

아이엠 / 119

샴 이야기 / 143

하루만 더 / 165

꿈을 설계합니다 / 189

웃음꽃 / 211


작가의 말

주름 만들기

하늘과 땅 사이에 그들이 있었다. 그들은 각자의 모습대로 각각의 하루를 최선을 다해 살았지만, 결과는 수상했다. 꽃다움에 가려진 꽃들의 비명, 나비다움에 젖어버린 나비의 날개. 안전지대는 사라졌다. 무너진 하루를 되돌릴 대책을 강구해야 했다. 그들 사이에 문답이 오갔다. 각자 입장에서 각각 멸망과 재창조가 걸린 필사의 문답이었다. 하늘과 땅과, 하늘과 땅의 자식인 구름들과 나무들이 어느 편을 들어야 할지 엄중히 듣고 있었다. 내놓은 자식 바람마저 잠깐잠깐 걸음 멈추며 그들의 대화를 경청했다.

1.

"당신은 주름입니까?"

―아닙니다.

"그럼, 당신은 무엇입니까?"

―토끼입니다.

"저런, 이해할 수 없군요. 당신은 분명 주름 같은데…."

―그럴 리가 없습니다. 전 토끼입니다. 틀림없습니다.

"그래요? 당신이 틀림없이 토끼라는 걸 어떻게 증명할 수 있죠?"

―뛰어볼까요? 토끼는 엄청 잘 달리는 동물이니까.

"뛰는 건 개도 말도 할 수 있는데…."

카메라를 든 인간은 무척 선심 쏟다는 표정으로 고개를 끄덕였다.

"그래도 한 번 봅시다. 어떻게 뛰는지."

*에이(A)*는 안도의 한숨을 내쉬었다. *에이*는 가슴을 잔뜩 부풀렸다. 토끼의 달리기가 어떤 것인지 제대로 보여줄 참이었다. 첫 뜀박질을 내닫으려는 순간, 눈썹 위가 찌릿했다. *에이*는 뛰기 직전, 앞뒤 좌우 옆 위아래를 카메라를 든 인간이 눈치 못 채게 흘끔거렸다. 뛰어도 되는 거야? *에이*는 속으로 물었다. 카메라를 든 인간이 눈치채지 못할 정도로 찰나의 순간이었다. 어, 뛰어. 뛰라는 지시가 떨어졌다. *에이*는 냅다 뛰었다. 속도가 붙을수록 더 쫀득해지고 더 치밀해진 바람들이 사정없이 따귀를 때리고 발을 걸어차고 귀를 뽑을 듯 잡아당겼지만 눈 꽉 감고 뛰었다. 한 발짝만

더 뛰면 가슴이 터질 지경까지 뛰었다.

―보셨죠?

*에이*는 헉헉, 바람의 각질 같은 콧속 흙먼지들을 팽 풀었다. 카메라를 든 인간이 다시 뛰어서 돌아오라고 손짓했다. 역시나 뛰기 전 또 눈썹 위가 찌릿했고, *에이*는 이번에도 주변을 샅샅이 살핀 후 뛰었다.

"당신은 토끼가 아닙니다."

―뭐라구요? 이렇게 죽자사자 왕복으로 뛰어서 토끼임을 증명했는데도 토끼가 아니라고요?

카메라를 든 인간이 카메라 속을 외눈으로 들여다보며 말했다.

"토끼는 당신처럼 뛰지 않습니다. 토끼는 출발점에서 우물쭈물 사방을 살피지 않습니다. 그냥 본능적으로 튀어 나가죠. 그것이 토끼 뜀박질의 본질입니다."

―나도 그렇게 본능적으로 뛰었는걸요?

"아닙니다. 제 말이 못 미더우면 이 카메라 안을 들여다보시겠어요?"

*에이*는 황당했다. 느린 그림으로 본 카메라 안의 토끼는 민망하게 주춤거리며 뛰어나갔고, 노골적으로 주춤거리며 뛰어 돌아왔다.

―그거야, 당연히….

*에이*는 급하게 변명했다.

―사방에 포진한 포식자의 그림자를 샅샅이 살펴야 했으니까요.

카메라를 든 인간은 쯔쯔거리며 카메라를 껐다. 빨간 점이 눈앞에서 사라졌다.

"그게 바로 당신이 토끼가 아니라는 증겁니다. 포식자는 눈에 보이지 않을 뿐 어디에고 있습니다. 당신은 숨은 포식자까지 본능적으로 캡처해서 냅다 뛰었어야 하는 겁니다. 그게 토끼의 본능입니다."

*에이*는 다급히 외쳤다.

―그건, 내가 그런 게 아닙니다, 주름이 시켰기 때문에 그런 겁니다, 정말입니다!

카메라를 든 인간이 쓰게 웃었다.

"유감스럽지만 당신은 모습만 토끼인 토끼입니다. 고로 유감스럽지만 당신은 주름입니다. 고로 당신은 아웃입니다."


2.

"당신은 주름입니까?"
―천만에요, 그럴 리가요!
"당신은 주름이 아닌가요?"

―그렇다니까요, 보면 몰라요!

"당신은 당신이 주름이 아니라는 증거가 있습니까?"

―참내, 아니라니까! 이 귀를 보면 모르시오? 이 커다란 귀를 보면 모르겠냔 말요!

"당신처럼 커다란 귀는 많습니다. 사막여우도 귀가 크고, 코끼리도 귀가 엄청 크지요."

―그래서 내가 주름이란 말이요? 좋소, 당신 말대로 내가 주름이면 대체 어떻다는 거요?

"당신은 당신이 주름이라고 인정한 순간, 당연히 아웃입니다."

―그런 법이 어딨소? 잘 견디만 주면 이 푸른 초원을 마음껏 뛰어다니며 살게 해준다고 약속하지 않았소?

비(B)는 자신이 뼛속까지 토끼임네 입증하기 위해 길고 늘씬한 뒷다리 뼈를 톱질해 뚝 부러뜨려 들이밀고 싶었지만, 더 깐족거리고 받아쳤다간 뼛속은커녕 귓속조차 까 보이지도 못하고 당장 아웃될 것만 같았다.

―그럼 내가 주름이 아니고 토끼란 걸 이 커다란 귀를 이용해 증명해 보이겠소.

"좋소, 당신이 커다란 귀를 이용해 토끼라는 걸 증명하면 약속대로 저 푸른 초원을 마음껏 뛰어다니며 살게 해주겠소."

―만약 이번에도 약속 지키지 않으면 난 아웃되더라도 결코 당신을 용서하지 않겠소, 그래도 되오?

"그러시오. 그럼."

카메라를 든 인간이 선선히 고개를 끄덕이며 카메라를 켰다. 빨간 점 하나가 선명하게 도드라졌다.

―그럼, 우선 한숨 자겠소.

"잔다구요? 지금?"

―그렇소, 진짜 잠이 든 뒤에야 내 커다란 귀의 진가를 발견할 수 있으니, 별수 없잖소? 숙면을 취해야만 내가 토끼라는 걸 증명할 수 있으니 난 지금 당장 자야 하오.

"그러시오, 그럼."

카메라를 든 인간이 눈알만 움직여 카메라에 달린 시간 숫자를 확인했다.

―걱정 마시오. 당신의 데이트 시간에 늦지 않게 금방 깨어날 테니.

*비*는 작정을 하고 잠잘 자세를 잡았다. 앞다리를 뻗고 잠들까, 뒷다리까지 뻗고 잠들까, 옆으로 쓰러지듯 누워 잠들까, 이런저런 궁리 끝에 토끼 저금통 자세를 골라잡았다. 잠에서 깨자마자 토끼려면 저금통 자세가 가장 유리하다. *비*는 자신의 탁월한 선택에 흡족한 미소를 지으며 잠들기 시작했다. 다행히 잠은 금방 왔다. 그러나 곧장 잠에서 깨어났다. 카메라를 든 인간이 카메라를 끄는 소리를 들었기 때문이다.

―봤소? 내가 잠잘 때 당신이 카메라를 껐고, 그 바람에 이 커

주름 만들기

다란 귀가 귀신같이 그 소리를 듣고 바로 잠에서 깨어나는걸? 이게 바로 토끼잠이라는 거요. 그러니까 나는 토끼가 맞소.

"글쎄요? 당신은 당신이 토끼가 아니고 주름이라는 걸 잠들기 전에 이미 보여주었는걸요? 고로 당신은 당연히 아웃입니다."

−그럴 리가 없소! 내가 숙면 취하기 위해 얼마나 고민을 거듭하다 잠들었는데, 내가 잠에 빠져드는 모습, 깨어나는 모습을 느린 그림으로 찬찬히 분석해 보지도 않고 카메라까지 끄고, 토끼가 아니고 주름이라고 우기다니, 당신 미쳤소?

*비*는, '당신 미쳤소?'는 도로 삼키고 싶었지만 입 밖으로 나간 말을 삼킬 재간은 없었다. 카메라를 든 인간이 고개를 숙여 손목의 시계를 확인하며 말했다.

"정 못 믿겠으면 증거를 보여드리지요. 이 카메라 안을 들여다보면 알겠지만 당신은 잠들기 전에 이미 주름의 지시를 받아 어떻게 잠들까를 여러 번 고민했소, 맞죠? 그게 바로 당신이 토끼가 아니고 주름이란 증거입니다."

−말도 안 돼! 내가 어떻게 주름이야, 토끼지! 이 커다란 두 귀를 보고도 그렇게 무식하게 우기고 싶냐? 이 나쁜 새끼야!

카메라를 든 인간이 츠츠거리며 카메라를 접어 가방에 넣었다.

"토끼는 본능적으로 순간순간 잠을 잘 뿐이오. 당신처럼 어떻게 잠들면 가장 숙면을 취할까 고민하지 않아요. 아니, 고민할 틈이 없지. 자다가도 포식자가 하품하는 소리를 들으면 삽시간에 도망쳐야 하니까."

 B는, '실험이라는 미명 하에 합법적 살생을 밥 먹듯 하는 이 천하에 쌩또라이 찌질이 저질 사이코야!'라고 세상에서 가장 모진 욕을 조합하다 말고 똥구멍이 헐거워지는 느낌에 흠칫했다. 연이어 팔다리가 아웃되었고, 주름이 모든 장기보다 약 1펨토초 늦게 아웃되었고, '살생을 밥 먹듯…'이라는 생각을 끝으로 B의 세포들은 모두 움직임을 멈추었다. 초원에 떠도는 바람이 B의 코털을 간질였지만 B는 반응하지 않았다.


3.

─대체 토끼의 본능이 뭐야?
─토끼의 본능만 알면 아웃은 면하는 거야?
─그렇담 모든 것의 우선에 토끼의 본능을 상정하고, 지금 이 순간부터는 토끼의 본능만 생각하자구, 멸종당하지 않으려면.
─본능이란, 어떤 책에서 보니까, 고착된 행동양식이라던데, 그게 대체 뭘까?
─쉽게 풀자면, 배고프면 먹는 게 본능이잖아. 그런데 배고픈 마음과 배고픔 자체는 서로 따로따로 다른 주름들 속에서 노는데, 배고파서 상추를 먹으려면, 즉 먹고자 하는 본능을 본능적인

행동으로 옮기려면, 배고프다는 마음과 배고픔 자체가 각각의 주름들 속에서 나와 만나서 손잡고 동시에 움직여야 한다는 거야.

─뭐야? 해석이 더 어렵잖아?

─*씨(C)*처럼 배가 안 고파도 먹어대려는 마음이 있거나, *디(D)*처럼 배고파도 먹지 않으려는 마음이 있거나, 배도 안 고프고 먹고 싶지도 않지만 먹을 게 앞에 있으므로 습관처럼 먹어대는 *이(E)*도 있잖아. 그런데 본능에 충실하려면 *씨*나 *디*나 *이*처럼 굴어선 안 되고, 배가 고플 땐 배고픈 마음을 불러낸 뒤 꼬르륵거리는 뱃속이 더는 보채지 않게 재빨리 상추로 채워주는 게 본능이란 거지.

─아이고, 골치 아파. 그놈의 본능 이해하려다 주름 터져 죽겠네.

─왜 배가 고플까, 뭘 먹을까, 어떻게 오물오물 잘라 먹을까 등등 생각 자체를 하면 안 되고 본인도 의식 못 한 사이에 냉큼 상추를 먹어 치워야 한다는 거야?

─먹고 싸는 것 말고는 아무 생각도 없는 *제트(Z)*처럼?

─그럼 *제트*처럼 토끼다운 생각 자체를 상실한 꼬부랑 늙은 토끼가 돼야 멸종을 면한다는 얘기야?

─하지만 우리는 이미 본능보다는 생각에 더 치우쳐 있잖아? 예를 들어, 카메라를 든 인간이 주사기를 갖고 나타나면, 본능적으로 도망치기보다는, '저 주사는 또 얼마나 아플까', 몸이 자동

오그라들면서 '생각'이 먼저 들잖아?
―그건 우리가 이 방에 갇힌 순간부터 나타난 증상이야.
―그럼 우리는 이 방에 갇힌 순간부터 토끼 본능을 잃어버린 거야? 결국 몰살당할 거야?
―그럴 리가. 우리가 얼마나 속 깊고 생각 많고 본능에 충실한 종잔데.
―그나저나 카메라를 든 인간은 왜 토끼 본능을 연구하는 거야?
―그걸 알면 우리가 왜 여기 갇혀 있게?
―문제는 우리가 본능을 하나씩 잃어갈 때마다 생각은 두 개씩 곱으로 많아진다는 거야.
―생각과 본능이라…. 그럼 혹시 생각이 바로 주름의 정체?
―너 엄청 생각 깊어졌구나. 이제 인간 해도 되겠어.
―안 그래도 난 가끔 내가 혹시 인간이 아닌가 싶어.

*더*가 겸손한 어투로 인정했다.

―그래서 넌 그렇게 안 먹는 거야? 왜 먹는지, 어떤 걸 먹을지, 먹은 뒤에 똥은 어떻게 쌀지, 과연 주는 대로 먹고 싸는 것이 옳은 일인지, 일일이 생각하느라?

*더*는 대답 대신 폭탄 제안을 했다.

―내 생각엔 그 카메라를 뺏어야 될 것 같아.
―카메라를?

―카메라가 우리의 본능을 낱낱이 기록하려고 덤비는 바람에 다들 본능도 발휘해 보지 못한 채 아웃되어 버리잖아. 그렇다고 이미 생각들이 생성된 마당에 생각도 없이 본능만으로 대처하기도 불가능하고.

―하긴 그래. 난 본능적으로 마누라를 올라타고 있는 와중에도 머릿속으론 자꾸 애인 생각이 치고 들어 미치겠다니까, 인간들도 그럴까?

아무도 웃지 않았다.

―누구든 불려 나가기만 하면 틀림없이 아웃될 게 뻔해. 생각을 아예 없애버리지 않는 한.

―생각을 없애? 그게 가능하기는 한 거야?

―이 속의 주름들을 모두 펴 버리면 가능하겠지.

―그럼 당장 여길 쪼개서 빤빤하게 다려버리자!

―그럼 스스로 아웃당하는 건데? 그것도 방법이라고 내놓냐?

―그러니까 카메라를 노려야 해. 카메라를….

*디*는 말을 마치고 다시 깊은 생각에 잠겨 들었다. *씨*는 다시 먹기 시작했고, *이*는 토끼의 멸종이냐 생존이냐의 중차대한 백분토론이 오가는 아까부터 먹고 있었다. 그때 카메라를 든 인간이 나타났다. 모두들 놀란 토끼 눈으로 카메라를 쳐다보았다. 카메라를 든 인간이 *씨*의 케이지 문을 열었다. *씨*는 끌려 나가지 않으려고 케이지 바닥에 납작 엎드렸다. 소용없었다. *씨*는 울지 않으

려고 입속에 물고 있던 사료를 끝까지 씹어 넘겼다.

—*씨*, 꼭 본능에 따라 행동해, 알았지?

—절대 생각 자체를 하지 마, 알았지?

—아니지, 카메라 속에 너를 넣지 마, 그것밖엔 방법이 없어.

*디*가 계시처럼 말했고, *씨*와 카메라를 든 인간은 방에서 사라졌다.

## 4.

"당신은 주름이 맞지요?"

—누가 그래요? 내가 주름이라고?

*씨*는 카메라를 외면한 채 뚱뚱한 허리를 최대한 길쭉하게 잡아 늘렸다. 생각하지 말자, 생각하면 아웃이다, 토끼 본능만 생각하자, 본능, 본능이 뭐랬지? 상추를 먹을 때 아무 생각 없이, 아니지, 상추를 먹을 마음을 꺼낸 뒤 꼬르륵거리는 뱃속을 상추로 채워버리는 게 본능이랬지? 본능에 대한 설명을 좀 더 신경 써서 들어둘 걸 후회가 막심했다.

"당신이 주름이 아니면 뭡니까?"

카메라를 든 인간이 카메라의 빨간 점을 *씨*의 미간에 고정시켰다. 그럴수록 *씨*는 카메라 밖으로 빠져나가려고 최대한 허리를 잡아 뺐다. 뚝, 허리뼈 부러지는 소리가 났다. 몹시 아팠고, 두

껍게 기름기 고착된 허리는 더 이상 늘어나지 않았다. 더라면 더 늘릴 수 있었을 텐데, 지난날 생각 없이 마구 먹어댄 게 후회되었다. 하지만 후회만 하고 있을 수는 없다. 어떻게든 주름이 아니고 토끼라는 걸 증명해야 한다.

―나는 주름이 아니라 토끼입니다. 왜 토끼냐하면요,

*씨*는 순간 자신의 주름을 칭찬하고 싶었다. 맞어, 내가 먹는 게 주특기잖아. *씨*는 씰룩 미소를 지으며 말했다.

―내 이빨을 보세요. 요 이빨이 바로 내가 토끼란 증겁니다.

"아닌데요. 당신은 이미 당신의 허리를 잡아 늘림으로써 주름이란 걸 증명했는데요. 나는 속일 수 있어도 카메라는 속일 수 없어요."

―천만에요! 나는 이 초원으로 끌려온 뒤부터 토끼 본능만 생각했고, 무엇보다 내가 토끼란 증거는 나는 쉼 없이 요 뻐드렁니를 이용해 먹어댔다 이겁니다. 토끼는 먹을 것을 앞에 두고 참지 못해요. 참아선 안 되죠. 언제 포식자로부터 도망쳐야 할지 모르기 때문에 시간만 나면 먹어두고 쟁여두죠. 까딱하면 며칠씩 굶게 될 수도 있으니까요.

*씨*는 버벅거리는 와중에도 포기 않고 토끼의 식탐 습성과 본능을 교묘히 버무려 똘똘하게 항변했다.

"시도 때도 없이 먹는 게 토끼 본능이다?"

―바로 그겁니다! 인간들은 배가 부르면 절대 더는 못 먹잖아

요. 하지만 우리 토끼들은 달라요. 배불러도 똥을 싸는 와중에도 동시에 먹을 수 있어요. 요 뚱뚱한 허리를 보면 알 걸요, 내가 얼마나 토끼 본능에 따라 먹어댔는지를!

씨는 기를 쓰고 늘려놓은 허리를 최대한 빨리 모아 당겼다. 부러진 허리뼈 주변 살들이 통통 부어올랐고, 늘어진 배 둘레 기름기까지 연합하니 씨의 허리는 터지기 직전 토끼 풍선처럼 급하게 부풀었다. 길쭉한 토끼 귀마저 묻힐 지경으로 부풀었다. 카메라를 든 인간은 웃지 않았다.

"음, 당신은 주름이 분명하군요. 게다가 에이나 비보다 주름이 더 크고 더 깊고 더 많은 게 분명해요. 고로 당신은 주름입니다. 고로 당신은 아웃입니다."

―왜? 나는 토끼 본능만 생각했고, 본능에 따라 먹어댔을 뿐인데, 왜 아웃이야? 왜?

씨는 카메라를 든 인간이 카메라 속을 들여다보라고 해도 절대 들여다보지 않을 작정이었다. 대신 양껏 부푼 허리를 들이대며, 나는 본능에 의해 먹어댄 토끼가 분명하다고 끝까지 우길 작정이었다. 아니, 우기지 않아도 나는 토끼가 분명한데, 왜 저 인간은 자꾸 내가 토끼가 아니고 주름이라고 우기는 거야? 씨는 에이도 비도 이런 말도 안 되는 억지에 밀려 아웃되었을 것을 생각하니 기가 막혔다. 카메라를 든 인간이 츠츠거리며 카메라를 껐다.

"아무래도 소문이 잘못 난 모양이군. 우린 토끼 본능을 연구하는 게 아니고 '토끼 뇌에 주름 만들기'를 연구하는 중인데…."

―그렇담, 나야말로 제대로 된 연구 결과물 아닌가? 당신은 좀 전에 내가 *에이*나 *비*보다 주름이 더 크고 더 깊고 더 많은 게 분명하다고 당신 입으로 말했잖아?

*씨*는 자신이 신기했다. 생사의 아웃 지점에서 본능적으로 냅다 도망치는 게 아니라 여느 때보다 논리정연하게 받아치다니, 그럼 난 정말 주름이야? 토끼가 아니고? *씨*는 아주 잠깐 자신의 정체가 헷갈렸다. 아웃의 공포 때문에 돌아버린 게 분명했다.

―대체 당신들은 왜 우리를 토끼도 아니고 인간도 아닌 괴상한 걸치기로 만드는 거야? 주름은 인간이고 몸뚱이는 토끼로 만드는 거야?

*씨*는 진짜 실성한 토끼처럼 핵심을 받아쳤다.

"안됐지만 그 질문에는 답 해줄 수가 없군요. 다만 우리는 주름 자체를 인식 못 하는 주름이 필요할 뿐인데…."

*씨*는 카메라를 든 인간의 말을 끝까지 들을 수 없었다. 핵심을 받아치느라 너무 주름을 혹사시킨 탓에 주름이 과부하 걸려 퓨즈가 나가고 만 것이다.

5.

―*디*마저 아웃되면 우린 이제 멸종인 거야?

―그럴 리가, 그래선 안 되지. 카메라를 든 인간이 어떻게 토끼 멸종을 결정할 수 있단 말야? 카메라를 든 인간은 그저 카메라를 든 인간일 뿐인데.

―그나저나 *씨*가 미친 척하고 반박한 끝에 '우리는 주름 자체를 인식 못 하는 주름이 필요할 뿐이다'까지 알아냈다는데, 대체 그게 무슨 뜻이지?

동물실험실 전체가 술렁술렁했다. *디*가 케이지 밖으로 끌려 나가 초원의 실험에서 방목되느냐 아웃되느냐 하는 운명의 날이었다. *디*는 말이 없었다. 카메라를 든 인간이 *디*를 케이지 밖으로 끌어내고 이동 케이지에 넣고 초원에 이를 때까지 말이 없었다. *디*는 오로지 카메라를 든 인간의 카메라만 바라보았다. 카메라에는 토끼 눈곱만한 크기 구멍이 두 개 있었다. 구멍은 미미하게 돌출된 형태였고, 그중 하나가 분명 빨간 불이 들어오는 구멍일 터였다. *디*는 생각했다. 그럼 나머지 구멍이 토끼 본능을 기록하는 구멍이구만. 카메라를 든 인간은 카메라를 매우 조심 다루었다. 고가의 최신 실험 기자재가 분명했다. 그렇다면, *디*는 또 생각했다.

인간들은 저 카메라가 없으면 우리 본능을 기록하지도 아웃을 결정하지도 못⋯.

"당신은 주름입니까?"

*디*가 거기까지 생각했을 때 공포의 질문이 시작되었다. *디*는 연이어 또 생각했다. 어차피 카메라를 든 인간은 내가 주름을 동원해 생각한다는 걸 알고 있다, 고로 주름이 아닌 척 행동할 필요는 없다, 오히려 주름이 주름인 줄 모르는 토끼를 원한다고 했으므로, 주름 자체가 없는 토끼처럼 굴면 된다. *디*가 대답을 보류하고 있었으므로 카메라를 든 인간은 카메라를 켜다 말고 *디*를 보았다.

"넌 주름이 확실하구나? 시작부터 노골적으로 주름이라고 드러내다니 솔직한 성격은 맘에 드네. 하지만 그렇게 골똘히 날 바라보았자 소용없어. 왜냐면 난 흔들릴 마음이 전혀 없거든."

팟, 빨간 불이 *디*의 눈알을 정조준했다. 결코 지지 않는 사막의 태양처럼 몹시 빛나고 들끓는 빨간 색이었다. *디*는 외면도 않고 눈이 아픈 척, 가느다란 눈으로 빨간 점 왼편에 있는 또 하나의 구멍을 살폈다. 저 구멍만 막으면 아웃되지 않을 수 있다. *디*는 맹렬하게 나머지 구멍에 매달리기 시작했다.

"당신은 주름입니까?"

…구멍을 막아버릴 방법은?

"당신은 주름입니까? 토끼입니까?"

…구멍이 토끼 본능을 기록하는 방식은?

*디*의 주름들이 본격적으로 구멍에 대한 정보를 주고받기 시작

했다.

"계속 묵비권을 행사하면 당신은 당신이 주름이라고 인정한 것으로 인정하겠습니다. 하지만 묵비권을 계속 행사할 필요도 없을 것 같군요. 왜냐면 당신의 골똘한 눈빛이 이미, 저 카메라가 어떻게 우리 본능을 기록하는 걸까, 까지 생각했다는 걸 다 드러냈거든요."

카메라를 든 인간은 또 한 번의 실험 실패를 자인하듯 츠츠거리며 노골적으로 손목시계를 들여다보았다. 그때 카메라를 든 인간의 팔뚝 그림자가 아주 잠깐 구멍 앞을 가렸다. *디*는 퍼뜩 말했다.

—혹시 손목시계도 내가 토끼가 아니고 주름이라는 걸 기록했습니까?

카메라를 든 인간이 움찔했다.

"오, 설마…?"

카메라를 든 인간은 순간의 흔들림을 날려버리려는 듯 핫핫, 허공에 대고 웃었다.

"하지만, 그래서 더 야속하군. 이런 훌륭한 주름을 아웃시켜야 한다는 건 큰 손실인데 말이야."

핫핫, 소리를 신호탄으로 *디*의 주름들이 한계를 넘어섰다.

내가 카메라 구멍을 막지 못할 바에야 카메라를 든 인간 팔뚝이 구멍을 막아주어야 한다, 카메라를 든 인간 관심을 손목시계로 돌려야 한다….

급기야 *디*의 주름 수는 카메라를 든 인간의 주름 개수와 비슷해졌다. 그럼에도 주름을 담는 대갈통이 인간보다 월등히 작았기 때문에 *디*의 주름들은 인간 것보다 더 가늘어졌고 더 길어졌다. 특이한 것은 주름은 더 가늘어지고 더 길어질수록 더 잘 엉키고 더 가닥을 잘 꼬고 더 능력을 발휘한다. *디*는 풀잎이 햇빛을 받아 광합성 하는 속도보다 훨씬 빨리 내달리는 주름들을 느끼며 카메라를 든 인간 팔뚝을 노려보았다.

"*디*, 대체 당신은 지금 무슨 생각을 하고 있습니까? 설마…?"

*디*는 얼른 눈동자를 순하게 풀었다. 점점 더 가늘어지고 길어지는 주름들이 영구히 구멍 막을 방법을 찾을 때까지 시간을 끌어야 했다.

—설마, 난 아무 것도 보지 않았습니다. 그냥 눈앞에 그것이 있었을 뿐입니다.

"정말입니까? 그렇다면 다행이지만…."

카메라를 든 인간이 카메라 구멍을 손 깔때기를 만들어 보호하며 재차 물었다.

"당신은 주름입니까? 토끼입니까?"

*디*는 신중하게 단어를 골라 가능한 천천히 대답했다.

—주름이기도 하고… 또 토끼이기도 합니다.

"뭐? 주름이기도 하고 토끼이기도 하다고?"

카메라를 든 인간이 휘청했다. 어깨에 올려 있던 카메라도 따라 휘청했다. 디는 순간 말라비틀어진 토끼 허리가 구멍 밖으로 튕겨 나가는 걸 똑똑히 보았다. 카메라 액정 화면 속에서 초원의 풀꽃이 노오랗게 손을 흔들었다. 구멍을 막는 방법은 카메라를 든 인간 팔뚝 말고도 많다!

마침내 디의 주름들이 한계를 넘고 넘어 예측 불가능한 지경에 당도했다.

카메라는 카메라일 뿐이다, 카메라를 든 인간이 어깨에 올려놓고 각도를 잡아주고 빨간 불을 켜주지 않는 한 본능을 기록할 수도 계승할 수도 없다, 빨간 불과 카메라 각도에 따라서 구원이 될 수도 재앙이 될 수도 있다….

디는, 순간 자신이 카메라의 본질을 깨우쳤음을 알았다. 하지만 결코 표를 내지는 않았다. 디는 카메라를 든 인간이 말라비틀어진 토끼 허리를 구멍 속으로 재소환하기 전에 선수를 쳤다.

―대체 카메라의 본질은 무엇이지요? 순수한 실험 노트인가요? 단순한 밥줄인가요?

카메라를 든 인간이 절레절레 고개를 저었다. 절레절레 고개 저을 때마다 구멍도 절레절레, 노오란 풀꽃들도 절레절레 흔들렸다.

"우리가 정말 저런 주름을 만들었단 말야? 예상에도 없던 목표에 도달했단 말야?"

―그 목표가 우리 토끼들한테 막무가내 주름을 만들어주는 건가요?

성능 좋은 최신형 실험 기자재일수록 에러도 잦고 에너지도 많이 먹는다. 카메라가 예상보다 빨리 아웃될 거라는 증거는 주름 한 개 가진 적 없는 카메라 덕에 금방 들통났다. 카메라를 든 인간이 휘청거린 후부터 빨간 불이 깜박깜박 방정맞게 점멸했다. *디*는 카운트다운 하듯 '카인'의 손목시계와 카메라의 빨간 불을 번갈아 보았다. '카인'은 '카메라를 든 인간'의 줄임말이다. 그 시점에서 *디*의 주름 능력은 말 줄임 기지까지 발휘했다. 주름들의 쓸데없는 에너지 소비를 막기 위한 방편이었다. 카인이 한숨을 내쉬며 자폭하듯 대답했다.

"그거야, 당연히 아니지. 우리들 목표는 토끼 뇌에 주름 만들기가 아냐."

역시나, *디*는 말끝을 잡아챘다.

―그럼, 소문대로, 주름을 주름인 줄 모르는 토끼를 만드는 게 목푠가요? 그런가요?

카인은 똑바로 *디*를 보았다. 카인은 1초가량 더 *디*를 곰곰 보다가 카메라를 풀밭에 내려놓았다. 카인은 손목시계도 풀었다. 카인은 풀밭에 엉덩이를 주저앉히며 *디*를 보고 씨익 웃기까지 했다.

"일단 카메라 좀 끄고 시작할까?"

―좋아요.

*디*는 하마터면 안도의 한숨을 내쉴 뻔했다.

"토끼 뇌에 주름 만들기는 하부 과제 중의 하부 과제야."

―좀 알아듣기 쉽게 말해주면 좋겠는데?

카인이 단어를 고르듯 시선을 들어 먼 곳을 보았다. 초원에 천지창조 기운을 닮은 햇살이 찰랑거렸다. 들끓지도 눈이 멀듯 드세지도 않은 너그러운 햇살이었다. *디*의 코털을 가만가만 어르고 가는 수줍은 바람도 그만하면 햇살의 동무다웠다.

"하긴, 어차피 넌 아웃될 거고, 카메라 기록 장치가 아니면 소문날 수도 없으니까."

―그럴까요? 과연?

*디*는 카인이 *디*의 작전을 알아챌세라 얼른 받아주었다.

"무슨 뜻이지?"

―여기엔 우리들만 있는 게 아니란 뜻이죠. 바람도 있고 풀꽃도 있고….

"역시 그 부분에선 니가 토끼라는 게 확실하군. 그렇다면 인간 주름은 전체가 아니라 일부에만 생성된 게 분명하고…."

―그럴까요? 여길 열어보기 전엔 장담할 수 없을걸요?

"물론이지. 토끼 뇌에 주름 만들기가 그렇게 뻔한 공식이었다면 너 같은 주름도 만들어지지는 않았을 테니까."

*디*는 카인이 벌떡 일어나면 곧바로 주저앉힐 한 방을 궁리하

느라 긍정도 부정도 못 했다.

"처음에 우리는 토끼 뇌에 인공적인 인간 주름을 만들면 어찌 될까 그게 궁금했어. 인공지능은 기계지능이지만 인공주름은 생명지능이니까 그 엄청난 차이는 설명 안 해도 알 거고…."

*디*의 주름들이 점점 더 가늘어지고 길어지고 꼬여지는 현상을 말하는 듯했다. 카인은 *디*의 흔들림 없는 눈동자를 물끄러미 보았다. 그리고 친절히 덧붙였다.

"그러니까 살아서 움직이고 증폭되는 인공주름은 너처럼 느닷없이 '시계도 주름을 기록했나요?' 같은 맥락 없는 상상을 할 수도 있다는 거지. 상상, 마음, 의식, 생각, 들이 보통은 주름에 속해 있고 주름 속에서 파생되는 거라고 오해들 하지만, 실은 아니란 걸 너도 알잖아. 그것들은 주름들과 여기 펼쳐져 있는 자연과 환경들, 그리고 너와 나 같은 살아있는 존재들과의 부대낌과 교류, 다른 말로 뭉뚱그리면 '함께 영위하는 하루하루'랄까, 그런 것들이 동반되어야 생성되는 그야말로 '새로운 무엇'이거든. 그런 '살아 움직이는 이데아'는 아직까지는 기계적 인공지능으로는 감당도 안 될뿐더러 만들어내지도 못하거든. 그래서 신비하기도 하고 무섭기도 하고…."

카인의 목소리가 하루살이 날개 소리만큼 작아졌다. 마치 자기 자신에게 하는 속말처럼.

"…새로운 천지창조이기도 하고…."

*디*가 고개를 끄덕거렸다. 커다란 *디*의 토끼 귀도 경쾌하게 주인을 따라 까닥거렸다. 마치 새로운 천지창조 현장에 함께 할 수 있어서 사뭇 기쁘다는 듯 두렵다는 듯. 카인이 까딱까닥 일정치 않게 방정 떠는 토끼 귀에 한눈팔며 침을 삼켰다.

"그런데 우리들이 토끼 뇌에 인간 주름을 만들었다는 소문을 듣자마자 우리 연구소장님한테 메일이 왔어."

-어떤 메일인데요?

초조함이 모든 기회를 영영 날릴 뻔했지만, 카인은 벌떡 일어나는 대신 앞뒤와 좌우 옆과 위아래를 꼼꼼히 점검했다. 카인의 앞뒤에는 초원과 초원의 배다른 형제인 산이 있었고, 좌우 옆에는 나무와 나무의 찰떡궁합인 바람이 있었고, 위아래에는 하늘과 하늘의 하품 같은 구름과, 땅과 땅의 숨은 그림 같은 풀꽃들이 있었다.

"이건 너만 알고 있어야 돼? 아님 우리 소장님까지 아웃될지도 모르니까."

-당연히! 난 아웃될 겁니다. 그러니까 다 말하세요. 큰 비밀은 정신 건강에 해로워요.

마지막에 던진 한 방이 카인의 갈등을 주저앉힌 게 분명했다. 카인이 약간 시선을 틀어 흔들리는 노오란 풀꽃 위에 고정시켰다.

"연구에 의하면, 우리 인간들은 본디 자유 의지가 없지. '우.연.에.' 의해 프로그래밍 되고 세대마다 누적되어 온 본능 의지에 따라 행동할 뿐인데, 그걸 마치 자유 의지인 양 착각하고 있다는 거지. 다만 인간들은 본능 의지를 부정할 자유는 있지…."

카인이 *디*를 정면으로 보았다. 흔들리는 풀꽃의 잔영이 노오랗게 복사된 눈빛이었다.

"니가 주름이 주름인 줄 모르는 토끼가 되었다면 좋았을걸, 저 푸른 초원에 방목되었으면 좋았을걸, 건강한 암컷을 만나 줄줄이 새끼 낳고, 너와 인간의 주름들이 만나서 새로운 본능을 발휘했으면 좋았을걸…."

*디*는 카메라의 빨간 불이 다시 켜짐과 동시에 '토끼 뇌에 주름 만들기'의 최종 목표를 깨우쳤다. 인위 생성된 토끼 주름을 이식받은 인간들이 토끼 흉내를 내기 시작하면 큰일이다. 그래서 주름이 주름인 줄 모르는 토끼만 살아남을 수 있는 것이다. 더는 망설일 시간이 없었다. 토끼의 대갈통 한계로 *디*의 머릿속에서 늘어날 대로 늘어나고 꼬일 대로 꼬인 주름들이 폭발했다. 직전에, 점입가경 문답을 끈기 있게 경청하던 하늘이 안구건조증 앓는 눈에 눈물 모으듯 눈꺼풀을 끔벅했다. 새끼 번개가 일었다. 구름이 번개를 받았고 구름의 물방울들이 재채기 터지듯 급하강하기 시작했다. 바람이 얼씨구나 물방울들을 실어 날랐고, 나뭇잎들이 물방울 간지럼을 타기 시작했고, 이슬 먹은 노오란 풀꽃들은 목디스크 걸린 목을 일으켜 온전히 깨어났다. 동시에 *디*의 대갈통과 가장 가까운 커다란 두 개 귓구멍을 통로 삼아 마구잡이 튀어

나온 주름들이 달렸다, 날았다, 튀었다.

혹 주름이 주름인 줄 모르는 애기 토끼가 널 먹더라도 속지 마, 절대로!

하늘과 구름과 나무와 바람이 *디*의 주름에 동조했다. 나비와 공조한 풀꽃들이 달리고 날고 튀는 *디*의 주름들을 모아모아 광합성 시켰다. *디*의 주름들이 사방팔방 홀씨 되어 흩어졌다. *디*를 똑 닮은 애기 토끼들이 새로운 먹이를 먹어 치웠다.

노오란 풀꽃들이 밤이나 낮이나 잊지 않고 흔들리며 앞뒤 좌우 위아래로 *디*의 메시지를 전달하고 전달했다.

속지 마, 속지 마, 절대로….

넌 너의 기억을 믿니

나는 늘어지게 하품하다 말고 옆 케이지의 B-12를 봅니다. 노 선생이 수기하여 붙여준 '대를 이어 가난한 쥐의 돌연변이 현상을 비교 연구하기 위한 검토군 0-1-1'이란 나의 이름표를 외면한 채 15도 각도 허공을 향한 눈길, 꼿꼿한 뒤통수, 스톡홀름형 에스(S)자로 늘어뜨린 우아한 꼬리와 황금 곡선으로 굽은 등줄기, 윤기 나게 떨리는 코털들….

나는 고개를 갸우뚱합니다. '대를 이어 우울증을 앓고 있는 실험쥐의 뇌파 변이를 밝히기 위한 검토군 B-12'는 불과 일주일 전에 내 옆방에 자리를 잡았습니다. 그런데 B-12가 옆자리에 배치되던 날, 꼿꼿하게 날이 선 뒤통수를 본 순간, 나는 B-12와 눈도 마주치기 전에 그를 알고 있었다는 느낌을 받았습니다. 이다지도 익숙하면서 생소한 만남이 세상에 존재하다니.

나는 맹세코 이곳에서 B-12를 처음 보았습니다. 전에도 그전에도 B-12를 만난 적도 본 적도 없습니다.

"가을에 우울증이 깊어지는 이유가 뭔지 아나?"

신경정신과 닥터 박이 묻습니다. B-12의 우울증 뇌파 실험이 시작되기 직전 동물실험실 입방 고시처럼 통과 의례적인 문답들이 오고 갑니다. 애기 닥터는 동물실험실에 들어선 순간 바짝 달궈진 프라이팬의 물방울처럼 졸아 버렸습니다. 문답들의 난해함 때문이 아닙니다. 우리들은 의사 국가고시를 막 통과한 인턴들을 애기 닥터라고 부르는데, 바퀴벌레 한 마리 죽여보지 못한 채 자라 온 애기 닥터들은 이곳에서 난생처음 실험용 쥐와 맞닥뜨리게 됩니다. T대학병원에서 연구 논문을 써내는 주체는 각 과의 대표 교수들 급이지만 정작 연구에 사용되는 실험동물을 어르고 찢고 꿰매야 하는 것은 애기 닥터급의 인간들입니다. 이번 신경정신과 실습에 나선 애기 닥터는 특히 쥐꼬리에 경기를 일으키는 스타일입니다. 얼마 전 쥐꼬리 끝을 자르고 혈액을 채취하는 과정에서 필사적으로 팔락거리던 쥐꼬리에 정통으로 눈알을 찔린 후로 쥐꼬리만 보면 얼이 빠져 버립니다.

우리들은 동물실험실에 드나드는 인간들에 대한 정보를 빠짐없이 나누어 공유합니다. 빨리 스위치 눌러. 애기 닥터가 설사 마려운 애기처럼 엉덩이를 오그리고 눈을 감습니다. 빨리 누르라니까. 애기 닥터가 설사를 싸지르듯 엉겁결에 꾸욱 뇌파 전송 스위치를 누릅니다. 그때까지도 B-12는 아까의 건방지기 짝이 없는 꼿꼿한 자세로 15도 각도 허공만 응시한 채입니다. B-12는 먹고 싸고 자는 순간을 제외하고는 15도 각도 허공에 시선을 붙박은 채 하루를 보냅니다. 닥터 박이 애기 닥터를 쥐 잡듯 하건 말건, 옆 케이지의 '대를 이어 가난한 쥐의 돌연변이 현상을 비교 연구하기 위한 검토군 0-1-1'이란 이름표를 단 암컷 쥐가, 쟬 어디서 봤더라, 고개를 갸우뚱하건 말건, B-12의 관심은 오로지 15도 각도 허공뿐입니다.

나는 얼른 고개를 돌려버립니다. B-12가 윤기 나는 코털들을 부르르 털더니 울룩불룩 몸을 꼬기 시작합니다. 기분 탓인지 느낌 탓인지 바로 옆방의 나까지 꼬리뼈가 찌르르합니다. 온몸에서 정전기가 일듯 내 피부들이 쭈뼛쭈뼛 일어섭니다. 온몸 털들이 B-12 방향으로 곤두섭니다. 벌써 일주일째 똑같은 실험이 반복되고 있습니다. 애기 닥터 손이 어떤 스위치를 누르고, B-12가 몸을 꼬기 시작하고, 나는 고개를 돌려버리고. T대학병원 동물실험실 연구 내용은 일반인 상식으로는 이해할 수 없는 것들이 대부분입니다. 지금 닥터 박도 애기 닥터도 털끝 하나 B-12를 건드리지 않았습니다. B-12 몸뚱이에는 흔한 주삿바늘 하나 꽂혀 있지 않습니다. 다만, 스위치 하나로 순식간에 B-12를 올록볼록 꽈배기 쥐로 만들어 버리다니, 인간들은 대체 B-12에게 어떤 장난을 친 걸까요.

−B−12, 괜찮아?

닥터 박 일행이 나가고 잠시 후, B−12는 다시 15도 각도 허공에 시선을 고정시켜 버립니다. B−12는 언제나처럼 미동도 않습니다. 나는 케이지 벽을 두드려댑니다. 기분만으로도 꼬리뼈가 30게이지 주삿바늘에 관통당한 듯 찝찌르르한데 실제 주사 대롱을 능가하는 뭉텅이 뇌파에 꼬치구이 당한 B−12는 많이 고통스러웠을 것입니다. 넌 왜 맨날 15도 각도 허공만 보니? 대답이 없습니다. 짐작보다도 백배로 고통스러웠던 모양입니다. 너 미쳤지? 묵묵부답입니다. 내 말투는 점점 삐딱하게 나갑니다. 너 바보지? 꼿꼿한 뒤통수가 오늘따라 더 각지게 날 서 보입니다. 혹시 애기 닥터가 너무 꽈악 눌러버린 뇌파 스위치에 관통되어 혀라도 끄슬러 버린 걸까요? 너 벙어리지? 너 귀머거리지? B−12 안위를 확인하고자 재차 말을 걸어보았지만, 케이지 벽도 열심히 두드려보지만, B−12는 반응이 없습니다. 나는 제풀에 지쳐 벌러덩 누워버립니다. 알 게 뭐야. 나는 두 팔과 두 다리를 큰대자로 벌립니다. 반응하든 안 반응하든 내가 알 게 뭐야. 목구멍도 아프고 주먹도 아픕니다. 케이지 바닥에 젖은 빨래 마냥 몸뚱이를 널어놓고 분한 숨을 할딱이는데 B−12가 웃고 있는 게 보입니다. 여전히 등을 돌린 채이지만, B−12의 기다란 코털들이 웃음 파장으로 바르르 떨리고 있습니다. 억지로 웃음을 참고 있는 게 분명합니다. 미쳐도 단단히 미쳤군. 나는 넘어진 김에 쉬어간다고 손발을 허공에 들고 탈탈 털기 시작합니다. 오늘의 운동 시간이 돌아왔습니다. 케이지 바닥에는 내 오줌과 똥과 땀과 침에 범벅된 축축한 톱밥들이 깔려 있습니다. 역겨운 내가 코를 찌릅니다. 그래도 나는 손발 터는 행위를 중단하지 않습니다. 언제부턴지 나는 습관처럼 운동하고 몸매를 가꾸어 왔습니다.

―여자가, 탈탈거리기나 하고….

귀이개만 한 내 귓바퀴가 쫑긋 벌어집니다. 반물고기 자세로 가슴팍을 들고 고개를 뒤로 젖혀 머릿속을 비우는데 15도 각도 허공에서 소리가 들려옵니다. 옆방 목소리가 분명합니다. 나는 얼른 반물고기 자세를 풀어버립니다. B-12는 아주 벙어리는 아닌 모양입니다. 하지만 이번에는 내 쪽에서 들은 척 만 척 무시해 버립니다. 어쩌다 이웃한 미친 실험쥐 한 마리 때문에 나의 정신 건강과 나의 라이프 스타일을 망쳐 버릴 수는 없습니다. 요가가 끝난 뒤엔 나른하게 전신을 릴랙스하는 것이 원칙입니다. 릴랙스 상태로 잠에 빠져들 수만 있다면 완벽한 하루 마감이 될 것입니다. 나는 머리통을 축축한 톱밥 속으로 밀어 넣어 버립니다. 세상은 그런대로 공평합니다. 악취 나고 축축한 톱밥일지언정 톱밥이 내 케이지 바닥에 깔린 한 나는 내 의지대로 세상만사 소음과 현상들로부터 나를 격리할 수 있습니다. 나는 오지 않는 잠을 청해 봅니다. 어차피 똑같이 목숨 저당 잡힌 처지에 동병상련 차원에서 서로서로 위로하고 의지하지는 못할망정 혼자 꼿꼿한 척 잘난 척 굴다니, 요즘이 어떤 세상인데, 여자가 어쩌구 운운하다니, 세월을 몰라도 한참 모르고 경우를 몰라도 한참 모르는 불량 실험쥐임이 분명합니다. 15도 각도로 미친놈이 분명합니다. 200개가 넘는 실험 케이지에 거주하는 수백 마리 실험쥐 중에 B-12 같은 미친 실험쥐 한 마리 없으리란 법도 없으니까요.

─난 미치지 않았어.

나는 빛의 속도로 톱밥 속에서 머리통을 잡아 뺍니다. 잠도 자지 않으면서 축축한 악취를 견디자니 후각 세포들이 자지러질 지경입니다. 운동을 조금 더 보태서 혼절하듯 잠에 빠지는 게 여러모로 합당할 듯합니다. 톱밥 밖 세상은 여전히 '전(前)과 동(同)'입니다. 역시나 시선을 둘 곳도 뚜렷이 할 일도 없는 공간입니다. 관심 둘 곳도 생각이 머물 곳도 없는 순간순간은 내 것 같지 않습니다. 미쳐버릴 것만 같습니다. 나는 처음부터 다시 시작합니다. 케이지 바닥에 몸을 한바탕 널어놓고 손발 털기부터 되돌려 시작합니다.

동물실험실에는 병 걸린 쥐투성이입니다. 암, 당뇨, 천식, 에이즈, 아토피, 우울증, 정신착란, 코로나, 원숭이두창 등등 인간에게 이미 발현된 모든 병들과 인간에게 도래할 미래의 모든 병을 더하여, 각종 증후군까지 재현하고 조작하고 실험하고 검증하고 수술하는 공간, 우리들에게 허락된 260×420×180밀리미터의 공간, 그 공간에서 손발 털기 따위 최소한의 움직임마저 생략하고 살아간다면 우리들은 대번 앞에 열거한 모든 병의 징후에 복합 감염되고 말 것입니다. 울트라슈퍼 총합 균체가 되고 말 것입니다. 무엇보다 옆방 B-12가 병을 옮길까 봐 걱정입니다. 가장 가까이 있는 실험쥐가 가장 치명적인 병을 옮기기 마련이니까요. B-12가 대를 이어 앓고 있는 우울증은 시도 때도 없이 15도 각도 허공만 고집하는 것만 봐도 얼마나 대책 없고 한심한 병이던지, 나처럼 운동량 많고 생각 많은 쥐들은 절대 걸릴 수도 없고 걸려서도 안 되는 병입니다. 하루라도 더 살아남기 위해 우리들은 항상 최악의 경우를 생각해서 행동하고 대처해야 합니다. 그런 차원에서 나는 수시로 탈탈 털고 수시로 운동하고 수시로 머리를 비워야 합니다.

-넌 분명 미쳤어, 15도 각도 허공만 쳐다보는 게 그 증거야.

내가 틈틈이 혀를 굴려 몇 개 어절을 만들어내는 것도 그런 차원의 일환입니다. 만약의 감염을 염려하여 손발 털기 운동을 멈출 수 없는 것처럼, 만약의 경우를 대비하여 미쳐버리지 않기 위해 뇌 운동 혀 운동을 연동하려는 조치입니다. 어제도 옆의옆의 케이지와 위의위의 케이지에서 두 마리 동료가 끌려 나갔습니다. 우리들 눈앞에서 배가 갈리고 콩팥이 뜯겨지고 심장이 적출되었습니다. 매일이다시피, 어떤 날은 시간마다, 동료들이 맨정신으로 생체 해부당하는 걸 지켜보자면 강철 같은 정신력이 필요합니다. 운동하면 근육이 단단해지고 튼튼해지는 것처럼 뇌도 적절한 자극을 주면 단단해지고 튼튼해집니다. 미쳐버릴 것 같은 '전과 동'의 공간, 온몸에 쥐가 나 버릴 것 같은 260×420×180밀리미터의 공간, 질식할 것 같은 악취 범벅 톱밥의 공간에서 내 뇌를 자극하고 단련시킬 유일한 수단과 방법은 말 만들기입니다. 지금 나는 나 자신을 위해 부러 말 만들기를 하고 있을 따름입니다.

—15도 각도 허공을 보는 게 아니야.

B-12는 꼭 단답형으로만 말합니다. 꼿꼿한 침묵으로 일관하던 것에 비하면 많이 발전한 편이지만, 이미 내 관심 밖입니다.

—난 사진을 보는 중이야.

미친놈, 사진이 어디 있다는 거야?

이번에는 혀보다 손이 더 빨랐습니다. 거듭 강조하지만 내가 말 만들기를 일삼는 것은 혀와 뇌 운동을 촉진하기 위한 것일 뿐 B-12와 말을 섞기 위한 행동은 아닙니다. 나는 잽싼 내 손바닥이 기특합니다. 내심으로는 걀걀걀, 고소한 웃음도 삼켜 봅니다. B-12가 부리나케 입을 틀어막는 나를 보기라도 한 듯 웃습니다. 누가 수컷 아니랄까 봐 B-12의 윤기 나는 코털들이 제,각,각, 껄,껄,껄, 박력 있게 떨리고 있습니다. 나는 비틀기 자세를 시도하다 말고 오른손으로 주먹을 만들어 B-12의 꼿꼿한 뒤통수에 한방 먹입니다.

B-12가 벌떡 몸을 일으킵니다. 나는 주먹을 활짝 폅니다. 잽

넌 너의 기억을 믿니

싸게 손 털기도 보탭니다. B-12가 케이지 구석으로 성큼성큼 뛰어가 오줌을 싸기 시작합니다. 내 얼굴 쪽으로 연분홍색 엉덩이를 한 뼘 치켜든 채 오줌발을 갈깁니다. 저거, 변태 아냐? 오랫동안 방광에 묵히고 모아둔 오줌 냄새는 상상 이상으로 고약합니다. 나는 사료통에 내 콧구멍을 쑤셔 넣어 버립니다. 내가 동물실험실의 온갖 병원균으로부터 나를 지키고 나를 단련시키는 또 하나 수단은 먹는 것입니다. 나는 식탐 걸린 쥐처럼 운동하고 잠자는 시간 외에는 끊임없이 먹고 또 먹습니다. 배가 고파서가 아닙니다. 건강하게 살아남기 위해서입니다. 병든 실험 공간에서 어떤 병원균하고도 싸워 이겨 낼 수 있는 힘, 슈퍼 면역력을 비축하려는 행위입니다. 사료통 밖으로 빠져 달아나지 못할 만큼 알맞게 크고 알맞게 동글하고 알맞게 딱딱한 알사탕 같은 사료가 나의 가지런한 이빨 끝에서 자꾸 미끄러집니다. 나는 내 머리통보다 큰 사료를 양손으로 바투 끌어 잡고 온몸을 공중 부양합니다. 이제 나의 하늘은 사료 한 알이며 나의 땅도 사료 한 알입니다. 사료는 톱밥과 똥오줌으로 오염되지 않게 하늘 위를 친친 결박하여 덮은 천장 철망 옴팍한 계곡에 쌓여 있는데, 나는 철망 계곡 틈으로 주둥이와 이빨을 양껏 밀어내어 양껏 사료를 물어뜯습니다. 오도도독, 바삭한 효과음과 함께 사료를 씹다 말고 문득 나는 의아해집니다.

"어서어서 먹고 몸을 만들어."

노 선생은 사료통이 가득 차 있음에도 불구하고 매번 흘러넘치게 사료를 리필합니다. 게다가 사료를 리필할 때마다 꼭 이렇게 말하는 것입니다.

"꼭 한 달 전, 내가 너를 살려냈거든? 지난번 실험이 종료되어 냉동고에 폐기되기 직전 내가 너를 살려냈거든?"

노 선생은 10년 9개월째 동물실험실을 드나드는 수석 실험 기사입니다. 동물실험실 청소부가 이틀쯤 무단결근하여 사료를 리필하지 못했다 해도 사료 리필은 수석 기사가 할 일은 아닙니다. 그럼에도 노 선생은 직접 내 사료통을 리필합니다. 그때마다 노 선생은 요구합니다. 생명의 은인인 자기를 위해서 열심히 먹고 몸을 만들어 '대를 이어 가난한 쥐의 돌연변이 현상을 비교 연구하기 위한 검토군 0-1-1'의 새로운 실험에 임해달라고요.

아래아래아래 케이지의 디비디비 실험쥐는 다이어트 실험에 사용 중입니다. 디비디비 실험쥐는 유전적으로 비만하도록 조작되어 태어났지만, 먹을 것을 거의 통제하는 극한 다이어트 실험에 동원되는 바람에 죽을 만큼 먹고 싶은 욕구와 배고픈 본능에 몸부림칩니다. 디비디비는 사료통 쪽으로 다가가는 내 발자국 소리만 들려도 침을 질질 흘립니다. 어찌나 커다랗게 침을 흘리던지 녀석의 침 떨어지는 소리가 동물실험실 공간을 뚝,뚝,뚝, 흔들어댑니다. 녀석은 내 사료통에 넘쳐 굴러떨어지는 사료를 하나만 던져달라고 징징거립니다. 먹다 버린 것도 괜찮다고 똥오줌 묻은 것도 먹을 수 있노라고 막무가내 읍소합니다. 하지만 나는 노 선생이 말하는 '지난번 실험'에 대한 기억을 떠올리느라 디비디비 녀석의 읍소를 경청할 틈이 없습니다. 나는 뜬금없이 의아해집니다. 나의 이름표에 붙은 '대를 이어 가난한…'의 '가난'과 디비디비 녀석의 '배고픈 침 소리' 때문에 일어난 연상 작용이겠지만, 나는 지난번 실험에 대한 기억 자체가 없습니다. 노 선생이 냉동실에 폐기되기 직전 나를 살려냈다는 속삭임도 항상 금시초문입니다. 다만 나는 내가 B-12보다는 한 시간이라도 더 먼저 T대학병원 동물실험실에 입방했다는 것만은 확실히 기억합니다. 일주일 전 B-12 입방 순간을 여기 내 케이지 내 톱밥 침대 위에서 똑똑히 지켜보았으니까요.

ㅡ넌 너의 기억을 믿니?

오줌을 다 싼 B-12가 제자리로 돌아와 아까대로 꼿꼿한 자세를 잡습니다. 오줌 눕는 소리마저 사라진 공간에서 꿀꺽, 내 목구멍으로 사료 조각 넘어가는 소리가 민망할 정도로 크게 들립니다. 지극히 형이상학적인 질문에 비해 지극히 형이하학적인 문답의 소리입니다. 나는 사료를 꿀꺽 마저 삼키고 형이상학적 답변으로 맞받아칠 준비를 합니다. 재빨리 머릿속 기억들을 뒤적거리기 시작합니다. 그런데? 내 머릿속 기억 창고들은 황당할 정도로 텅, 텅, 비어 있습니다. 반물고기 자세로 머리 비우기를 너무 열심히 한 탓에 혹시 머리비움증후군이란 새로운 균에 감염되어 버린 걸까요? B-12가 또 묻습니다.

 －넌 너의 이름표를 믿니?

 나는 반사적으로 내 이름표를 봅니다. 프린터기로 인쇄되지 않고 노 선생 필체로 갈겨쓴 이름표는 나에 대한 실험 내용이 완전히 확정되지 않았다는 뜻이기도 합니다. 이제 노 선생은 사료를 리필할 때마다 노골적으로 나를 협박하곤 합니다. 넌 눈물을 흘려야만 해. 노 선생은 내 기억을 부추기려는 듯 자신 얼굴에 슬픈 표정을 급조하여 그려 넣기까지 합니다. 넌 반드시 '슬픈' 눈물을 흘려야만 해. 노 선생은 사료를 리필 할 때마다 점점 더 슬픈 표정과 점점 더 강경한 어조가 되어 갑니다.

 "넌 한 달 전에 분명히 슬픈 눈물을 흘렸어, 슬픈 눈물을 다시 흘리지 못한다면 너의 존재 의미는 없어. 곧장 냉동고에 처박히고 말 거야."

 붕어 낚시를 해 본 인간은 압니다. 낚싯바늘에 아가미가 꿰어 올라온 붕어는 방생해 주자마자 곧바로 뱃가죽을 낚싯바늘에 꿰인 채 또 끌려 나옵니다. 믿기지는 않지만, 붕어는 자기가 낚싯바늘에 꿰였던 기억을 3초 만에 까먹어 버린다나요. 하지만 붕어 기억력도 아닌데, 내가 겨우 한 달 전 일을 기억 못 한다는 건 말도 안 됩니다. 그렇더라도 만의 하나 노 선생 말이 사실이라면 나는 한 달 전 유쾌하지 않은 일들을 겪었음에 틀림없습니다. 내 케이지 앞에 붙어 있는 '대를 이어 가난한 쥐의 돌연변이 현상을 비교 연구하기 위한 검토군 0-1-1' 이름표가 그 증거입니다. 대를 이어 가난한 삶이란 굳이 기억 창고를 뒤적이지 않아도 배고프고 고통스러웠을 것입니다. 대를 이어 가난한 삶은 지금 내 사료통에 넘쳐 굴러떨어지는 사료를 얻기 위해 최소한의 체면도 내동댕이쳐야 하는 비참한 상황의 연속이었을 테니까요. 자존감 핥아먹어 버린 침을 뚝,뚝,뚝, 흘리는 디비디비 녀석처럼요.

−똑같애.

자살의 주요 범인으로 지목된 우울증은 최근 인간들 사이에서 주요 연구 테마로 각광받기 시작했습니다. 그러나 실험용 쥐 뇌파를 교란시켜 인간 우울증 치료법을 찾겠다는 닥터 박 발상은 T대학병원 동물실험실에서조차 최첨단 시도였고, 위험도 후유증도 검증되지 않은 연구용 테마에 불과했습니다. 현미경 속에 빤히 들여다보이는 암세포 진행 방향조차 예측 못 하면서, 눈에 보이지도 않는 뇌 속 우울증 인자들을 뇌파 그래프로 굴절시키고 예측하고 치료한다는 게 가능하기나 한 걸까요. 뇌파 교란 실험이 거듭될수록 B-12는 더욱 꼿꼿하게 고개를 쳐듭니다. 최근 들어 더욱 집요하게 15도 각도 허공만 우러르더니 마침내 헛것을 찾아내고야 맙니다.

−저게 우리 CC야.

나는 B-12가 어떻게 어떤 방향으로 미쳐갈지 짐작이 됩니다.

−우리 CC도 말이 먼저 튀어나올 땐 손으로 입을 틀어막곤 했

어. 너처럼 걀걀거렸어.

　기억에 관한 연구로 유명한 엘리자베스 로프터스에 의하면, 20여 년간 2만여 명 인간을 실험한 결과 기억이란 쉽게 조작할 수 있고, 깨지기 쉬우며, 심지어 되살린 기억 중 일부는 사실이 아니라고까지 합니다. 인간의 뇌 속에 축적된 경험이나 기억, 지식들은 모두 뇌 속 신경 세포, 즉 뉴런들의 작용 조합에 의해 형성됩니다. 그런데 뉴런들에 인위적인 자극, 즉 뇌파 굴곡 같은 자극을 가하면 경험한 일도 경험하지 않은 것처럼, 경험하지 않은 일도 경험한 것처럼, 기억을 의도적으로 삽입하거나 삭제하거나 조작할 수 있다는 것입니다. 뇌는 알려진 것보다 훨씬 이기적이고 음흉합니다. 기억해 보았자 손해라고 판단될 경우 부러 어떤 사건 하나만 기억 못 하거나, 특정 시기 기억을 의도적으로 골라 지워버리기도 합니다. 막장극의 주요 클리셰로 응용되는 선택적 기억상실증은 이 경우 의도적인 기억 상실 작용인 셈이죠.

　과학과 의술의 발전이라는 미명 아래 실험동물 유전자 조작은 흔한 일이 되었으며, 마침내 실험동물 기억과 생각마저 조작하기에 이르렀습니다. 지금 B-12는 인위적인 뇌파가 기억이나 생각을 의도적으로 삽입하거나 삭제하거나 조작해 버릴 수 있음을 온몸으로 증명하고 있습니다. 닥터 박 일행이 눌러댄 뇌파 스위치가 우울증 기전이 아닌 p-300같은 거짓말과 관련된 기전을 교란시켰을지도 모를 일입니다.

―우리 CC는 심심한 것도 참지 못했어.

나는 귀를 막아버립니다. 뇌파 실험이 칼을 쓰는 실험에 비하면 그나마 피를 덜 보는 실험임은 분명하지만, 어떤 실험이건 반드시 대가를 치르는 모양입니다.

―나는 우리 CC를 즐겁게 해주려 노력했어, CC를 위해 끼니마다 식당 바꾸는 것도 마다하지 않았어.

선택된 기억상실증과 달리 공상허언증은 스스로 거짓말을 지어내 떠벌리면서 그것을 사실로 믿어 버리는 질병입니다. 이런 거짓말은 거짓말을 지어내는 본인도 속아 넘어갈 만큼 완벽합니다.

―CC의 변덕에 지쳐가면서도 나는 CC에 대한 사랑을 멈출 수가 없었어.

B-12 얼굴이 일그러지고 있습니다. 내 얼굴도 자동으로 따라 일그러집니다. 이 순간, 나는 B-12 표정에 일희일비하는 나를 이해할 수가 없습니다. 아무리 심심하고 아무리 눈 둘 곳 없는 공간이라지만, 미친놈 표정까지 따라 흉내 내면서 살아야 하다니, 260×420×180밀리미터의 제한된 삶이, 제한된 시야가, 제한된 이웃이, 너무나 억울하고 원통합니다. 필경 B-12의 교란된 뇌파에 감염됐거나, 순간순간 미쳐버릴 만큼 심심했거나, 둘 중 하나입니다.

―그날 나는 우리 CC를 안고 있었어.

나는 나를 달래고 회유합니다. 그래봤자 병적인 허풍일 텐데 일일이 반응하지 말자고, 무시해 버리자고, 우리 CC를 안고 지랄하든 말든 뭔 상관이냐고.

─우리 CC를 품에 안고 있는데, 스톡홀름 박사 목소리가 들려왔어.

B-12 목소리가 이상합니다. 아뿔싸, B-12가 이상한 곳을 봅니다. 15도 각도 허공이 아닌 나를 보고 있습니다. B-12는 제대로 미쳐버린 게 분명합니다. 거짓말하는 인간들에게 거짓말 탐지기를 들이대면 맥박이 빨라지고 호흡이 거칠어지고 체온이 상승합니다. B-12도 호흡이 거칠어지기 시작합니다. 표정이 달아오르기 시작합니다. 15도 각도 허공만 파던 눈알이 풀어지기 시작합니다. 우리 CC를 끌어안고 자위라도 하는지 끈적끈적 녹아내립니다. 저런, 변태 같은 놈! 나는 톱밥 속으로 몸을 쑤셔 넣어 버립니다. B-12의 끈적끈적 시선으로부터 나를 격리해 버립니다. 최근 들어 아침저녁으로 제법 쌀쌀한 기운이 감돕니다. 축축한 톱밥 속에는 악취 골똘한 선뜩한 한기들만 우글거립니다.

"이로써 CC가 대를 이은 우울증 유전자가 각인된 너의 새끼를 낳을 수 있겠구나."

나의 온몸에 소름이 돋습니다. 피부가, 털들이, 손톱 발톱까지 일어섭니다. 스톡홀름 박사 목소리를 전하는 B-12의 프린트된 말투 때문이 아닙니다. 톱밥의 불쾌한 한기 때문입니다.

―CC는 내 품에서 강제로 격리되는 순간 눈물 흘렸어.

나는 톱밥 속에서 뛰쳐나옵니다. 노 선생 목소리가 강력 본드 냄새처럼 들러붙습니다. 너는 눈물을 흘려야만 해, 너는 한 달 전 분명히 슬픈 눈물을 흘렸어. 노 선생은 보이지 않습니다. 눈앞에 B-12만 보입니다. B-12와 정면으로 눈이 마주칩니다.

―나는 외쳤어. 박사님! CC를 살려주십시오! 대신 나를 다시 '대를 이은 우울증 실험'에 써주십시오!

나는 정신이 번쩍 듭니다. B-12는 스톡홀름 동물실험실에서 비행기 타고 실려 왔습니다. 소문에 의하면 B-12는 '대를 이은 우울증 실험'을 자신 의지에 의해 거부했던 유일한 실험쥐라고 알려져 있습니다. 그 바람에 CC라는 암컷 실험쥐와 CC의 새끼들이 B-12 대신 연구되고 뜯겨졌습니다. 한 마리도 남김없이요. 마지막 새끼까지 해체된 직후 B-12는 갑자기 모든 기억을 잃어 버렸습니다. B-12 유전자에 각인된 '대를 이은' 우울증 증세도 흔적 없이 증발되었고, B-12는 미친놈처럼 껄,껄,껄, 웃기만 했고요. B-12는 실험 실패 대가로 스톡홀름 동물실험실에서 방출되었습니다. '슈퍼 변종 유전자 변이체(다른 말로 미친 유전자를 보유한 실험쥐)'로 마킹된 채 역대 최고가 실험쥐로 팔려나갔습니다.

결론적으로 B-12는 T대학병원 동물실험실에 입방되는 순간부터 이미 미쳐 있었습니다. 나는 내가 불쌍하고 한심해집니다. 미쳐버리지 않기 위해 말 만들기를 일삼다가 진짜 미쳐버린 B-12와 얽혀버리다니요. 나를 보는 B-12 뻘건 눈알이 미친 용암처럼 뭉그러지고 있습니다.

─나는 CC의 눈물을 기억하고 싶지 않았어. 새끼들을 기억하고 싶지 않았어. 나는 모든 기억을 지웠어.

상종 못 할, 미친놈!

미친놈을 피하는 방법은 톱밥 속으로 숨어드는 방법밖에 없습니다. 나는 다급히 한 쪽 발을 톱밥 속으로 밀어 넣습니다.

─그런데, 너를 처음 본 순간 그동안 모든 노력이 허사였다는 걸 알았어.

톱밥 속 미친 한기가 내 심장을 관통합니다. B-12는 지금 '실험쥐의 선서'를 망각한 채 인간들을 흉내 내고 있습니다. 기억이란 쉽게 조작할 수 있고, 깨지기 쉬우며, 심지어 되살린 기억 중 일부는 사실이 아니라는 말을 증명이라도 하듯, 미친놈처럼 기억을 주물러 대고 있습니다.

─나는 너와는 말하고 싶지도 않았어, 나는 실험 시간만 기다렸지, 닥터 박이 뇌파 스위치를 눌러 나를 낯선 세계로 끌고 가기만을 고대했지. CC의 눈물이나 새끼들 죽음 같은 거 전혀 기억 못 하는 완벽한 망각의 세계가 있다고 믿고 싶었어.

B-12는 뇌파를 교란시키고 기억을 조작하고 거짓말을 뻥튀기하는 것도 모자라 실험쥐의 운명마저 바꿔치기하려 합니다.

─기억을 통째 갈아치울 수만 있다면 어떤 실험쥐가 되어도 상관없어.

지금 B-12는 '대를 이어 우울증을 앓고 있는 실험쥐의 뇌파 변이를 밝히기 위한 검토군 B-12'의 이름표를 노골적으로 거부하고 있습니다. B-12가 대를 이은 우울증의 실험 실패를 복선처럼 깔고 앉아 중얼거립니다.

─넌 어쩜 그렇게 우리 CC랑 똑같니….

"뇌파 기계를 빌려 달라고요?"

닥터 박 눈초리가 매섭게 번득입니다. 노 선생은 T대학병원 소속 모든증후군연구소에서 가장 오래된 실험 기사입니다. 10년 9개월째 동물실험실을 드나드는 노 선생 손끝은 꽤 믿을 만하다는 소문입니다. 동물실험 승패는 실험동물을 얼마나 능숙하게 다루느냐에 달렸습니다. 실험동물을 이용한 연구에 경쟁 팀끼리 상부상조한다는 건 있을 수 없는 일이지만, 경우에 따라 원칙은 바뀔 수도 있습니다. 닥터 박은 흔쾌히 고개를 끄덕입니다. 당연히 상부상조 해야죠.

실험용 쥐의 뇌파를 1초도 빼놓지 않고 기록만 해주어도 연구의 반은 성공입니다. '눈물'의 경우만 해도, 하품할 때 흘리는 눈물과 관련된 뇌파, 아플 때 흘리는 눈물과 관련된 뇌파, 웃을 때 흘리는 눈물과 관련된 뇌파, 슬플 때 흘리는 눈물과 관련된 뇌파,

기쁠 때 흘리는 눈물과 관련된 뇌파, 같은 단순 대분류만 해주어도 10년은 공짜로 먹고 들어가는 셈입니다.

지르륵, 지르륵, 지르륵….

나의 뇌파는 차곡차곡 기록됩니다. B-12의 실험은 완벽하게 실패했습니다. 거짓 뇌파를 주입하기는 쉬워도 제거하기는 어렵습니다. B-12의 나에 대한 '꼿꼿한' 집착은 닥터 박을 복장 터지게 했습니다. 애기 닥터가 뇌파 스위치를 꾸욱 누르는 순간에도 B-12는 울룩불룩 끈적끈적 나만 바라보았습니다. 결국 오늘 아침 닥터 박은 대를 이은 우울증 실험을 중단한다고 선언했습니다. 오늘 아침 닥터 박은 동물실험실 청소부에게 B-12의 폐기를 명했습니다. 닥터 박은 노 선생에게도 오늘까지만 뇌파 기계를 빌려주겠노라 통보했습니다. 동물실험실 청소부가 B-12의 꼿꼿한 뒤통수를 거머쥡니다. 노 선생이 내 옆에 바싹 붙어 앉아 뇌파 기록지를 눈 빠지게 점검하던 참이었습니다.

−고마웠어.

B-12가 피리 불듯 작별 인사를 건넵니다. 내 얘기를 들어줘서 고마웠어. B-12는 완벽하게 미쳐버렸습니다. 막 뚜껑 열리는 마취통 속 마취약 농도가 죽음의 농도인지 잠의 농도인지조차 헷갈리는 모양입니다. 나는 내 의지와 상관없이 케이지 벽에 매달립니다. 미친놈이긴 하지만 이웃하여 산 순간이 얼마인데,

가지 마….

순간 언젠가, 이렇게 절박하게 케이지 벽에 매달려 있던 기억이 납니다. 널 잊지 못할 거야. B-12가 작별의 손짓을 합니다. B-12의 짧은 앞다리와 윤기 나는 긴 꼬리가 나사 풀린 조립 인형처럼 따로따로 대롱거립니다. 늘 B-12 시선이 꽂혔던 15도 각도 허공에서 대롱거립니다. 나는 나도 모르게 소리칩니다.

—안 돼!

동시에 B-12도 소리칩니다.

—생각하지 마!

B-12는 죽는 순간에도 나와 우리 CC를 혼동합니다. 더 이상 생각하지 마, 더 이상 기억하지 마. B-12는 빨리빨리 피리 붑니다. 숨이 넘어가며 찍찍, 찌지직, 피리 붑니다. 절대 너를 기억해 내지 마, 절대 슬픈 눈물을 떠올리지 마, B-12가 마지막 고함을 내지릅니다.

—슬픈 눈물 기억을 몽땅 지워!

—죽지 마!

나도 고함지릅니다. 우당탕, 마취통에 쑤셔 박힌 B-12의 꼿꼿한 뒤통수가 툭 부러집니다. 내 기억 창고 하나가 벌컥 열립니다. 너를 안고 싶어, 목소리 하나가 툭 굴러떨어집니다.

너를 안고 싶어.

나를 바라보며 애절한 몸짓을 일삼던 옆방의 목소리입니다. 너를 안고 싶어, 마취통 속에서 옆방의 꼿꼿한 뒤통수가 툭 부러졌습니다. 꼿꼿한 뒤통수 입에서 뽀글뽀글 죽음의 거품이 흘러넘쳤습니다. 죽지 마! 내가 고함질렀습니다. 내 눈에서 눈물 한 방울이 툭 떨어졌습니다. 슬픈 눈물이었습니다.

노 선생은 뇌파 기록지만 뚫어지게 노려봅니다. 노 선생은 모릅니다. B-12 뒤통수가 툭 부러지는 순간 내가 한 달 전 일을 기억해 낸 것도, 노 선생이 나에게 슬픈 눈물을 강요하는 지난 한 달 내내, 아주아주 행복했다는 것도.

─그런데 너를 처음 본 순간 그동안 모든 노력이 허사였다는 걸 알았어.

뽀글뽀글, B-12가 게운 죽음의 거품들 사이에서 빛나던 코털들이 하나씩, 하나씩, 움직임을 멈춥니다. 동시에 나의 뇌세포들도 하나씩, 하나씩, 작동을 멈춥니다. 나는 꼭 한 달 전 그랬던 것처럼 기억을 하나씩 지워갑니다. 나는 B-12를 몰라, 나는 죽음의 거품을 몰라, 나는 슬픈 눈물을 몰라….

나의 모든 뇌파들이 정지됩니다. 뇌파 기록 장치도 자동으로 작동을 멈춥니다. 놀란 노 선생이 뇌파 기록 장치 쪽으로 달려갑니다. 노 선생이 닥터 박 경고를 깜빡한 채 아무 스위치나 마구 누릅니다. 실험쥐 한계를 넘나드는 불특정 뇌파들이 '대를 이어 가난한 쥐의 돌연변이 현상을 비교 연구하기 위한 검토군 0-1-1' 실험쥐의 기억을 관통합니다.

나는 언제부터인지 눈을 뜨고 있습니다. 나는 언제부터인지 행복합니다.

─너 너의 기억을 믿니?

나는 오늘 막 입방된 옆방 신참 실험쥐에게 묻습니다. 나도, 새로 들어온 신참도 아직 이름표가 없습니다. 10년 10개월째 동물실험실을 드나드는 노 선생이 동물실험실 문을 열고 들어섭니다. 노 선생 손에 선명하게 프린트된 새 이름표 라벨이 들려 있습니다.

스타를 꿈꾸는

—이 봐, 0-1!

바로 옆 케이지에 살고 있는 9-12입니다. 9-12는 '대를 이어 부자인 쥐가 주변 환경, 특히 더위에 대응하는 방식과 뇌의 발달 및 후유증의 상관관계에 관한 연구'를 수행하는 쥐입니다. 그 대조 실험군인 나는 '대를 이어 가난한 쥐가 주변 환경, 특히 더위에 대응하는 방식과 뇌의 발달 및 후유증의 상관관계에 관한 연구'를 수행하는 중이고요. 인간들은 우리에게 고유의 이름 대신 0-1, 0-2… 9-11, 9-12… 따위의 번호를 붙여주었는데, 0그룹은 말 그대로 땡전 한 푼 없는 가난한 쥐란 의미고, 9그룹은 9개 가진 이가 10개 가진 이 부러워한다는 말처럼 없는 것 없이 다 소유한 부자 쥐란 뜻입니다. 그리고 0, 1, 2, 3… 고유 순서 숫자 뒤 '-' 이후에 붙은 각각의 홀수는 암컷 쥐를, 각각의 짝수는 수컷 쥐를, 1,2… 단위는 짝 없는 쥐를, 11,12… 단위는 짝 있는 쥐를 의미합니다. 즉, 0-1인 나는 가난한, 암컷인 데다, 싱글인 역할까지 부여받은 실험쥐란 뜻이지요. 반면 9-12는 짝꿍까지 없는 게 없는 부자 수컷 쥐입니다. 어떤 인간들은 제 자식의 평생 운과 팔자를 염려하여 작명소에 아기 이름을 부탁합니다. 그 아기들은 살아가는 동안 세상만사가 제 뜻대로 안 될 때마다 투덜댑니다. 이름이 개떡 같아서 되는 일이 없다고요. 그동안 써온 이름을 갈아치우기도 합니다. 과연 이름이 바뀌면 팔자도 바뀌는 걸까요.

9-12가 기거하는 케이지는 내 케이지 10배에 해당하는 크기인 데다 냉난방 시설과 온갖 편의 시설이 갖추어져 있고 식당에는 팝콘, 사과, 쥐포 따위 음식이 넘쳐납니다. 9-12는 언제든 맛난 음식을 배부르게 먹을 수 있고, 먹고 놀고 남는 시간엔 짝꿍인 9-11과 미끄럼틀도 타고 사랑을 속삭일 수도 있습니다. 반면 내 케이지에는 물 찔끔찔끔 새는 낡은 물통과 9-12 사료통의 반의반 크기인 사료통 하나만 딸려 있습니다. 나는 사랑의 속삭임커녕 수다 떨 친구조차 없는 완벽한 싱글입니다.

―넌 왜 케이지 벽에 들러붙어 있니? 꺌꺌.

십 년만의 무더위가 기승을 부리고 있습니다. 올해는 6월 초부터 더위가 시작되었습니다. 나와 9-12가 기거하는 쥐방은 15층 규모 병원과 연구소가 들어찬 건물 맨 꼭대기 옥탑에 위치한 가

건물입니다. 언젠가 '옥탑방 쥐'가 아닌 '옥탑방 제리'란 드라마가 뜨기도 했지만, 실상 옥탑은 그렇게 낭만적인 공간은 못 됩니다. 여름엔 특히 덥고 겨울엔 특히 추운 곳입니다. 기상청 예보에서 오늘 최고 기온이 34도라고 발표하면 그날 쥐방 최고 기온은 44도까지 치솟습니다. 태양은 종일 그 뜨거운 혀로 날름날름 쥐방 얇은 벽들을 핥아대고, 태양의 애무에 달아오를 대로 달아오른 컨테이너 벽과 천장은 밤에도 내내 신열에 들뜹니다. 나는 낮 동안은 가능한 케이지 벽과 바닥에 붙어삽니다. 그나마 케이지 벽 온도는 쥐방 실내 온도보다 0.001도라도 낮으니까요.

나는 대꾸할 기력조차 없습니다. 망할 놈의 더위가 얼마나 내 몸뚱이를 쥐어짰는지 이젠 땀도 잘 나지 않습니다. 오줌조차 그 양이 현저히 줄어들고 있습니다. 너무 더워서 그래. 말하는 법을 잊어버릴 만큼 싱글 생활에 익숙하지만, 그렇다고 말 자체를 못 하거나 싫어하는 건 아닙니다. 나는 목소리를 쥐어짭니다. 목소리마저 목구멍에 쩍쩍 늘어붙어 우뭉하게 찌그러져 나옵니다. 덥다고, 더워서 벽에 붙어 있노라고, 이마의 땀을 훔치는 시늉을 해 봅니다. 현재 쥐방 온도는 44도입니다. 내 체온보다 높은 실내 온도가 이마의 땀까지 증발시켰는지 끈적임조차 만져지지 않습니다. 더위는 이제 내 영혼마저 증발시켜 버릴 태세입니다. 하기는 어떤 우주에는 온도가 너무너무 높아서 철이 기체로 녹았다가 철이 비가 되어 내리는 행성도 존재한다니, 전혀 불가능한 가능성도 아닙니다. 나는 정신이 까무룩해져 갑니다.

죽었니, 살았니?

노 선생이 내 케이지를 흔들어대고 있습니다. 내 영혼이 발딱, 발기합니다. 내 속에 아직 살고자 하는 기운이 남아 있었던가 싶게 나는 부리나케 물통 쪽으로 달려갑니다. 빈 물통 꼭지를 열심히 핥아댑니다. 목이 말라요, 제발 물 좀 주세요. 노 선생이 새 물통을 들고 옵니다. 물이 가득 담긴 물통 꼭지에 입을 대는 순간, 잔뜩 졸아붙어 있던 내 세포들이 뽀송뽀송 되살아납니다.

내 몸과 내 영혼이 물기를 머금어 가는 사이, 노 선생이 연구 노트에 오늘 연구 내용을 적어 갑니다. 노 선생 연구 노트에는 38, 39, 40, 따위 숫자들이 빽빽합니다. 38, 39, 40, 따위 일련의 숫자들은 내가 느끼는 헉헉거림, 즉 '더위에 대한 고통의 수치'입니다. 이번 실험은 대를 이어 가난한 유전자를 물려받은 실험쥐가 더위에 반응하는 정도와 그 고통을 객관적인 수치로 데이터화 하는데 연구의 주목적이 있습니다. 쥐방 실내 온도 44도, 0-1 마우스의 고통지수 44. 곧 죽어버릴 듯 덥고 숨이 막히는 데도 고통지수는 겨우 44를 기록합니다. 고통지수 그래프 막대기 최고점은 100으로 표시되어 있습니다. 내 안의 피와 땀과 오줌이 죄 졸아붙고, 내 몸뚱이가 사골 냄비 안 그것들처럼 흐물흐물 뼈와 살의 경계가 모호해질 즈음 나는 아마 100의 고통 수치에 다다라 있을지도 모르겠습니다. 하지만 그건 의식마저 증발된 상태에서 느끼는 고통이겠지요. 철이 철인 줄 모르고 비가 되어 내리는 상황처럼요. 물통을 리필 함으로써 오늘도 노 선생은 나를 죽음의 벼랑에서 끌어 내립니다. 싫으나 좋으나 노 선생은 번번이 내 생명의 은인이 되어 갑니다.

노 선생 프사에 김모네 사진 봤니?

아, 그 옥탑방 제리에 나오는 그 김모네?

걔 정말 웃기지 않니?

노 선생은 그 나이 또래 여성들처럼 놀고 꾸미고 하는 법이 없습니다. 사치적이고 소모적으로 살아보고 싶어도 그런 경험 자체가 없습니다. 가난해도 착하면 된다, 가난해도 양심만 바르면 된다, 노 선생 부모는 가난한 보통 부모답게 노 선생을 키웠습니다. 노 선생은 지각 한번 없이 말다툼 한번 없이 늘 양보하며 살았습니다. 노 선생은 친구이자 직장 동료가 노 선생의 남자 친구를 사랑한다고 고백하자 남자 친구마저 동료에게 양보해야 했습니다. 떠나는 마당에 남자 친구는 말했습니다. 나는 너의 대물림된 가난이 싫어. 남자 친구는 '가난 유전자'를 연구하던 중이었고, '가난'이 유전자에 각인된 채 고스란히 대물림된다는 거의 확실한 연구 결과 앞에 새삼 경악하던 참이었습니다. 난 내 자식이 대를 이어 구질구질 가난에 찌든 채 살아가는 게 너무 싫어.

철의 비가 내리는 우주를 탐구하는 시대에, 모든 과학과 정의와 상식마저 오락가락 무력해지는 최첨단 혼돈의 시대에, '가난'

만큼은 단 한 번의 변이도 거치지 않은 듯 절대 불변 유전자를 탑재한 채 줄기차게 인간 삶의 질을 떨어뜨리고 있습니다. 노 선생은 가난한 덕에 가장 최근 업데이트된 유료 정보에 접근할 수 없었고, 가난한 덕에 개인적으로 실험동물을 구매해 개인적인 연구를 디자인하거나 세팅할 수 없었고, 가난한 덕에 시간마다 영양제며 보약을 챙겨 먹는 동료들에 비해 턱없이 체력이 딸렸고, 야근 철야가 계속되는 연구원 생활 동안 최소한 세 번은 쓰러져야 했습니다. 가난한 덕에 남자 친구도 떠났고, 가난한 덕에 연구 외에는 달리 할 게 없었지만, 가난한 덕에 결국 동료 연구원들과 경쟁에서도 지고 말았습니다. 새까만 후배가 자신의 연구 과제와 똑같은 내용을 먼저 발표하는 바람에 노 선생의 10년에 걸친 연구 내용은 모두 폐기되고 말았던 것이지요. 노 선생은 그때부터 연구 내용을 연구 노트에 수기로 적기 시작했습니다. 철저히 믿은 만큼 철저히 배신당한다는 삶의 법칙과 맞닥뜨린 후부터 유일한 자신의 편인 자신 노트북마저 믿지 못하게 되었으니까요.

　노 선생은 가난한 유전자의 횡포와 음흉함을 파헤치고 싶었습니다. 가난을 핑계 삼아 떠나버린 남자 친구보다 먼저 '가난 유전자'의 정체를 밝혀내고 싶었습니다. 가난 유전자 연구에 성공만 하면 틀림없는 대박입니다. 세상에는 부자보다 가난한 자가 월등히 많고, 가난에 넌더리가 난 자들은 노 선생이 연구 개발한 신약을 사러 몰려들 것이고, 노 선생 이니셜이 또렷이 새겨진 '가난극

복약'을 복용함과 동시에 부와 명예가 자동으로 뒤따를 것이며, 어쩌면 떠나버린 남자 친구도 돌아올지 모릅니다.

그날을 위해, 노 선생을 이용하고 밀치고 배신하고 새치기한 모든 인간들에게 본때를 보여주기 위해 오로지 연구에만 몰두해야 할 노 선생이 김모네에게 한눈을 팔고 있다는 소문입니다. 하긴, 신데렐라 신드롬이 노 선생에게까지 전이된 것도 무리는 아닙니다. 교묘한 세상 시스템들은 서로서로 단합하여 혼자 힘으로 가난을 벗어난다거나 신분 상승을 꾀하기조차 불가능하도록 간간이 발견되는 가난 탈출 블루존마저도 촘촘히 틈새를 박음질해 버렸으니까요. 그렇더라도 노 선생이 김모네에게 한눈을 판다는 건 곧 내가 죽을 기회가 그만큼 빈번해진다는 뜻이기도 합니다. 노 선생의 순간적인 무관심이 더위 고통지수 50, 60, 70까지 나를 내몰아 죽음의 벼랑으로 밀어버릴 수도 있습니다. 죽음의 벼랑에서 굴러떨어지지 않으려면 노 선생 시선을 사로잡아야 합니다. 김모네보다 더 매력적인 웃기는 스타가 되어야만 합니다.

—유난 떨지 말고 좀만 참아. 캴캴.

나 같으면 케이지 벽에 들러붙을 기운이 있으면 부채질을 하겠다, 캴캴. 9-12가 계속해서 말을 겁니다. 좀만 참아, 더위는 곧 간다니까, 아니면 에어컨을 틀던가, 캴캴. 나는 더위에 들뜬 눈으로 9-12가 가리키는 에어컨을 바라봅니다. 나는 에어컨이 어떤 것인지 모릅니다. 나는 찬바람이 어떤 것인지 상상하기조차 싫습니다. 시원한 바람을 상상할수록 상대적으로 더위를 더욱 덥게 느끼게 될 테니까요.

—넌 왜 그렇게 참을성이 없니? 캴캴.

넌 왜 그렇게 자꾸 헉헉대니? 캴캴. 9-12는 나의 더위를 이해하지 못하고 있는 게 분명합니다. 나는 나의 새로운 목표만을 생각합니다. 김모네는 웃기는 연기로 떴습니다. 나는 표정 연습부터 시작합니다. 나는 벌러덩 하늘을 보고 케이지 바닥에 눕습니다. 3백 개의 실험용 케이지들을 수납하는 대형 책꽂이 형식 스테인리스 선반 바닥은 초대형 하늘이자 초대형 거울입니다. 오늘따라 유난히 반들반들한 하늘은 내 얼굴은 물론 내 더위 먹은 영혼까지 비쳐 줄 태세입니다. 나는 선반을 향해, 헤헤, 호호, 낄낄, 웃고 또 웃어봅니다. 웃음 사이사이 토할 것 같은 증세가 새치기합니다. 부패한 고깃덩어리처럼 뒤죽박죽 곤죽이 되어버린 나의 온갖 장기들이 울렁증 등쌀에 서로 먼저 몸 밖으로 부풀어 터지려고 난리들입니다. 나는 더럭 겁이 납니다. 노 선생이 김모네 유튜브 보기를 속히 중단하고 나타나 나를 울렁증 벼랑에서 끌어내려 주기 전까지는 어떻게든 이 고비를 견뎌내야만 합니다. 나는 선반 거울을 향해 입술을 달싹거립니다. 폭염에 녹아 한 판의 엿처럼 붙어버리려는 주둥이를 강제로 찢어 하하, 킬킬, 호호, 찍찍, 웃음소리를 만들어 냅니다.

―너 더위 먹었지? 꺌꺌.

먹을 게 없어서 더월 다 먹냐? 캴캴. 더위 자체를 이해 못 하는 9-12가 어쩌다 '더위 먹었다'는 표현을 알게 되었는지 모를 일입니다. 9-12는 웰빙 식사를 한다면서 매일 맛도 없는 신문지를 뜯어먹고 있습니다. 신문 같은 싸구려 종이는 섬유질이 많지 않아, 얇고 질기고 섬유질 풍부한 사전 쪼가리가 더 실속 있다니까. 두꺼운 사전과 철학서도 즐겨 뜯어먹습니다. 9-12는 가지각색 상징들과 예술적인 음표 따위도 배 터지게 먹어 치웁니다. 그리고 언제부터인지 9-12는 찍찍 소리 대신 현학적이고도 철학적인 약간 쉰 듯한 목소리로 캴캴, 웃기 시작했습니다. 캴캴, 저런 독특한 웃음소리를 개발해 내다니, 신문이나 사전에서 모방한 게 틀림없습니다. 캴캴, 9-12의 그 웃음소리는 내가 더위의 고통에 허우적일 때마다 어김없이 들려오곤 했습니다. 캴캴, 9-12가 웃을 때마다 더위 먹은 나는 더욱 더위를 먹어갑니다.

―누워만 있지 말고 운동 좀 해, 캴캴.

해가 져도 쥐방 평균 기온은 34도를 유지합니다. 9-12가 심심풀이 일환으로 휙휙 넘겨 보다 읽어준 어느 페이지에 따르면, 언젠가 십 년만의 무더위 속에서 개최된 세계 마라톤 대회 중 세계적인 마라토너가 폭염에 지쳐 쓰러졌습니다. 무릎 꿇은 그 마라토너는 고통스럽게 속엣것들을 게워 내고 있었습니다. 과학적으로 관리되고 다져진 마라토너 체력도 폭염 앞에서는 속수무책이었습니다. 운동도 아무나, 아무 때나, 아무 곳에서나 하는 것은 아닐진대 9-12는 지금 나에게 운동을 하라고 권하고 있습니다. 나는 더 이상 9-12의 궤변을 들어줄 수가 없습니다. 욱, 무릎 꿇은 그 마라토너처럼 내 안의 것들이 사정없이 밖으로 밀려 나오기 시작합니다.

―토하지 말고 병원에나 가 봐, 캬캬.

냄새나고 더러워 죽겠네, 캬캬. 병원이 연구소 바로 아래층에 있는데도 나는 병원에 갈 수가 없습니다. 내가 가진 것이라곤 배설물 뒤섞인 깔짚 베딩과 비어가는 물통과 반 알갱이 남은 먹이, 그리고 내 몸뚱이뿐입니다. 나에게는 먹이마저 최소한의 것만 주어 지는데, 혹여 배가 고파 한꺼번에 먹어 치우면 주말 내내 혹은 연휴 내내 꼬박 굶어야만 합니다. 명절 때만 되면 나는 배고픔에 더 쉽게 노출되곤 합니다. 9-12가 상다리 부러지게 명절 상을 받아 놓고 배 두드리고 있을 때 나는 명절 휴가 떠난 동물실험실 관리인이 어서 돌아오기만을 목 빠지게 기다립니다. 나는 너무 배가 고파 내 똥을 도로 주워 먹으면서 버티기도 합니다. 어떤 땐 나의 긴 꼬리를 야곰야곰 뜯어 먹고 싶은 충동마저 느낍니다. 정말 병원 갈 돈이 없단 말야? 캬캬. 9-12의 캬캬거림도 이젠 넌더리가 납니다. 나는 이 순간 죽음보다 깊은 잠을 소망합니다. 대를 이어 가난한 쥐가 따로 비용 들이지 않고 순간이나마 더위의 고통에서 벗어날 수 있는 가장 효과적인 방법은 잠입니다.

인간을 비롯한 모든 생명체는 매우 정교한 데이터베이스(디비 : db) 공장입니다. 어떠한 슈퍼 기기도 생명체들이 유전자에 각인한 정보만큼 방대한 정보를 정확하게 기록, 보관할 수는 없습니다. 인간들이 흔히 말하는 전생이란 유전자 지도에 남아 있는 내 현재 삶 이전의 기록들입니다. 유전자 지도 변이를 거꾸로 추적하고 추적해 보면 어제 한 일도, 10년 전에 한 일도, 그 전생의 전생에 한 일도 정확히 밝혀낼 수 있습니다. 가난의 기억까지도 송두리째 말이죠. 생의 모든 경험을 유전자 구석구석에 저장하는 능력은 어떤 생명체들이나 똑같지만, 그러나 그 저장된 디비를 활성화시키는 건 현재를 살고 있는 각 생명체들 개개 몫입니다. 아버지가 천재 음악가였을 경우, 그 자식도 유전적으로 음악가 자질은 타고 나겠지만 그러나 그 자식이 평생 음표나 음악을 접하지 않고 산다면 그 자식은 오선지에 콩나물 대가리 하나도 그려 넣을 수가 없습니다. 마찬가지로 나의 경우는 '대를 이어 가난한 쥐가 더위에 반응하는 고통지수'를 연구하는 실험에 동원된 이상 더위에 대한 기억을 한 번은 반드시 기억해 낼 수밖에 없습니다. 같은 더위라도 덮어쓰기에 덮어쓰기를 반복할 경우 더위의 기억은 그만큼 배가됩니다. 10의 더위에 반응해야 마땅할 나의 세포들이 1의 더위에도 자지러지는 것은 대를 이어 더위 경험을 덮어쓰고 덮어써 왔기 때문입니다. 내가 원해서 기억해 낸 게 아닙니다. 더운 환경에 노출되다 보니 저절로 기억되어진 것입니다.

대를 이어 가난한 쥐는 꿈속에서조차 가난합니다. 내 전생의 여동생도 그렇게 신음 소리를 냈었습니다. 엄마 더워…. 좀만 참아라. 엄마는 아홉 박스나 남은 봉투를 다 붙여야 그날 저녁 끼니를 마련할 수 있었습니다. 엄마, 나 물 좀…. 이것만 붙이고 물 떠다 줄께. 엄마는 등에 업힌 신음이 잦아들자 안도의 한숨을 내쉰 뒤 더욱 부지런히 손을 놀렸습니다. 여동생은 더 이상 보채지 않아도 되었습니다. 해질녘, 엄마는 석고처럼 굳어버린 무릎과 허리를 우두둑 펴며 말했습니다. 엄마가 맛있는 저녁 만들어 줄께. 엄마는 저녁 밥상을 들고 와서야 여동생 눈가에 매달려 있는 눈물을 보았습니다. 배가 많이 고팠던 게로구나. 엄마는 여동생 눈물을 닦다 말고 그대로 굳어버렸습니다. 대를 이어 가난한 쥐는 신음 소리조차 가난합니다.

—물… 한 방울만….

대를 이어 가난한 쥐의 악몽마다 울렁증이 울렁울렁 스며듭니다. 부패한 가슴 세포들이 금방이라도 실밥 트더져 버릴 것 같습니다. 비몽사몽 중에도 나는 더위로부터 1밀리라도 멀어져 보려고 기를 씁니다. 나는 다리미로 눌러 놓은 쥐마냥 가능한 몸을 얇고 넓게 펴서 케이지 바닥에 들러붙어 버립니다. 그 상태로 해가 떨어지고 더위 기세가 조금이라도 꺾일 때까지 버팁니다. 더워…. 내 몸속 어딘가에서 여동생이 신음하기 시작합니다. 엄마 더워…. 더위가 나의 목을 조릅니다. 엄마 더워서 죽을 거 같아…. 전생 기억까지 보태진 가증할 더위가 나를 가지고 놀고 있습니다. 포획한 쥐를 뜯어먹기 직전 한바탕 갖고 노는 그 고양이들처럼 나를 갖고 신나게 장난질을 칩니다.

─물….

어디선가 달콤한 물비린내가 납니다. 쓰러진 채로 나는 눈꺼풀만 들어 올립니다. 9-12입니다. 9-12가 손바닥에 물을 적셔와 내 케이지 쪽으로 내밀고 있습니다. 하지만 케이지 벽들은 방탄유리보다 더 견고합니다. 희미한 물비린내가 두 겹의 투명 플라스틱 벽을 타고 넘어옵니다. 그나마 순간의 물비린내는 나의 갈증과 더위를 0.0001퍼센트 가량 달래줍니다. 9-12의 손이 나를 흔들어 깨우고 있습니다. 공기를 타고 넘어온 물기가 나를 유혹합니다. 9-12의 손바닥이 시야에서 사라지고 있습니다. 내 눈꺼풀이 다시 닫히고 있습니다. 영영 내 힘으로는 들어 올리지 못할 것 같은 무거운 눈꺼풀입니다. 나는 이곳 쥐방에서의 마지막 생각을 합니다.

저 손, 9-12 맞아…?

9-12의 짝꿍 9-11이 잡혀 나갔습니다.
9-11은 병이 났습니다. 9-11은 더 이상 실험용으로는 쓸모가 없습니다. 이곳 쥐방에서 자신 의지와 상관없이 발생하고 소

멸하는 또 하나의 현상은 삶과 죽음입니다. 치밀한 실험 스케줄까지도 경우에 따라 앞당겨지거나 뒤로 밀리면서 실험쥐의 생과 사를 농락합니다. 9-11의 급작스런 죽음과 함께 대조군으로 실험이 진행되던 0-11도 순장 당하듯 같이 마취통 속으로 던져집니다. 노 선생은 9-11과 0-11의 뇌를 꺼내 놓은 채 피 묻은 라텍스 글로브 손가락으로 눈금자를 들이대고 있습니다. 9-11과 0-11의 뇌 크기를 재고 있습니다. 여성과 남성의 뇌 크기가 다르듯, 가난한 자와 부자인 자의 뇌 크기도 다릅니다. 놀이시설이 다양하고 영양가 높은 여러 가지 사료를 먹여 키운 부자 쥐는 놀이시설도 없고 물과 한가지 사료만으로 키운 가난한 쥐에 비해 뇌 크기가 20~30퍼센트 가량 더 커집니다. 미국 베일러의대 연구팀도 어릴 적 '덜 놀던' 아이들은 '잘 놀던' 아이들에 비해 뇌 크기가 작다는 것을 발견했습니다. '대를 이어 부자인' 9-11과 '대를 이어 가난한' 0-11은 더위 먹은 내 눈으로 봐도 뇌 크기가 달랐습니다. 가난은 꿈속과 신음 소리까지 점령하다 못해 제 몸속 골조직까지 야곰야곰 갉아 먹고 있던 것입니다.

  9-12가 미끄럼틀 위로 올라갑니다. 두리번두리번, 9-11의 부재를 그제야 눈치챕니다. 미끄럼틀 위에 올라가 하염없이 허공만 바라보는 9-12가 영락없이 바보 같습니다. 나는 아직도 웃는 연습 중입니다. 핫핫, 헷헷, 홋홋, 힛힛…. 9-12가 나를 향해 캴캴 거리던 것처럼, 나는 부러 더욱 크게 9-12의 허공을 향해 핫

핫거립니다. 핫핫핫핫, 헷헷헷헷, 홋홋홋홋, 힛힛힛힛…. 9-12의 고개가 떨어집니다. 내 웃음소리가 커질수록 9-12의 꼿꼿하기만 하던 고개가 점차 각도를 좁혀가며 꺾이고 있습니다. 숨쉬기마저 멈춘 듯 기나긴 코털들조차 움직임이 없습니다. 내 유전자들이 경기를 일으킵니다. 눈앞에서 또 한 번 죽음을 목격하게 된다면 더위의 고통에 앞서 죽음의 고통에 치여 먼저 돌아버리게 될지도 모른다고 경고합니다. 지난날, 여동생이 죽고 나서 한나절도 못 되어 엄마마저 죽었고, 그때부터 나는, 나의 전생에서부터 나는, 대책 없이 웃기 시작했습니다. 이번에도 나의 유전자들은 핫핫, 헤헤, 나의 생존을 위해 9-12의 죽음을 간과해서는 안 된다고 회유하고 있습니다. 나는 꼬드김에 넘어갑니다.

-9-12, 나랑 놀자!

9-12의 등뼈가 잠시 꿈틀합니다. 9-12는 아직 죽지 않았습니다. 나는 9-12를 깨우기 위해 소리소리 지릅니다. 9-12가 나에게 손바닥을 내밀어 유혹했던 것처럼 정신 차리라고 손을 팔랑팔랑 흔들어댑니다. 넌 그래도 해 볼 거 다 해봤잖아, 사랑도 하고 이별도 하고, 배부르게 먹고 마시고 자고 놀고, 나보다는 훨씬 낫잖아, 나를 봐서라도 정신 좀 차려라. 9-12가 힘없이 고개를 젓습니다. 넌 몰라, 외로움이 어떤 것인지. 애초 타고나길 혼자였던 나는 심심함은 알아도 외로움은 모릅니다. 넌 몰라, 외로움은 더위보다 배고픔보다 죽음보다 더 무서운 거야…. 아마도 9-12

처럼 짝 있는 쥐로 태어나 살아보지 않는 한 내가 외로움의 정체를 파악할 방법은 없어 보입니다.

  9-12는 먹는 것도 마시는 것도 잊은 채 내내 허공만 우러르고 있습니다. 해질녘 9-12의 뒤통수는 유난히 눈에 거슬립니다. 외로워 보입니다. 9-12의 정체 모를 그 외로움이 걸리적거리기 시작합니다. 땀도 오줌도 내 안의 것이긴 하되 이미 내 것이 아니듯, 걸리적거리는 이 난데없는 느낌마저 내 것이 아닐 때, 이미 나는 살아 있는 생명체가 아닐지도 모릅니다. 나는 9-12를 위해서, 아니 나를 위해서, 점점 더 열심히 웃습니다. 핫핫, 힛힛, 바보 연기도 마다하지 않습니다. 주둥이 찢어 귀에 걸기, 긴꼬리원숭이처럼 꼬리 끝으로만 매달려 그네 타기, 요즘 유행하는 **뻥뻥이 빡춤**도 보여줍니다. 9-12는 웃기는커녕 간간이 깊고 깊은 한숨만 내쉴 따름입니다. 아마도 외로움에 빠진 실험쥐와 웃음을 잃어버린 인간을 동시에 웃길 수만 있다면 어떤 배우도 능가하는 대형급 스타가 될 수 있을 것 같습니다.

  -너랑 자고 싶어.

  9-12가 허공을 우러른 채 부지불식간 뇌까립니다. 너를 안고 싶어. 노 선생이 나의 몸무게를 재고 고통지수 따위를 체크하는 중이었습니다. 나는 깜짝 놀랍니다. 여진처럼, 모든 털끝 마디마디 걷잡을 수 없는 소름들이 뻗칩니다. 급작스런 소름들 기세에 허를 찔린 더위가 뜨악하게 주춤합니다. 순간, 아주 짧은 순간 나

는 더위의 고통을 완전히 망각합니다. 이 세상에 더위의 고통을 능가하는 그 무엇이 있다니. 하지만 노 선생이 알게 되면 나는 당장 마취통 행입니다. 9-12와 합방을 청하는 순간 즉각 나의 존재 가치는 상실될 것입니다. 나는 어쨌거나 싱글의 고통마저 고스란히 드러낼 의무가 부여된 0-1 실험쥐니까요. 9-12는 캴캴, 웃지도 않으면서 반복합니다. 너를 안고 싶어. 9-12는 외로움에 지쳐 이성이 마비되어 제정신이 아니거나, 너무 많은 종이쪽들을 삼킨 바람에 심한 체증에 시달리는 중인지도 모릅니다. 그렇더라도 나는 노 선생이 허락만 한다면 9-12와 한 번 자보고 싶어졌습니다. 9-12의 외로운 뒤통수를 안아주고 싶어졌습니다. 노 선생 덕에 가난하면서 착하기까지 할 경우 어떤 후유증에 시달리는지 빤히 보아 왔음에도요.

 8월의 마지막 밤에 쥐방 모든 전기 시설이 올스톱되었습니다. 십 년 만의 무더위로 인한 과도한 전력 사용은 병원과 연구소 실험실까지 그 영향을 미치고 말았습니다. 1시간 이상 중환자실 전기가 끊긴다는 건 그곳 중환자들이 떼죽음 당한다는 것과도 같은 맥락입니다. 헌데 8월 마지막 밤의 떼죽음은 중환자실에만 국한된 것은 아니었습니다. 전기가 나가나 들어오나 어차피 내가 겪어내야 할 열대야는 같은 수위였고, 쥐방 온도계는 그날 밤도 변함없이 34도를 가리키고 있었습니다. 그나마 44도를 넘나드는 낮에 비하면 시원한 편이라고 나는 나를 달래가며 케이지 바닥에 나를 좌악 널어놓던 참이었습니다.

−더워….

9−12입니다. 나는 벌떡 일어나 케이지 벽에 매달립니다. 9−12, 정신이 좀 들어? 9−12의 입에 거품이 잔뜩 물려 있습니다. 바닷가의 중구난방 그 뽈뽈게들도 아니고, 뽀글뽀글 생소한 거품을 물고 있는 9−12 몰골에 웃음이 터집니다. 전생에서부터 지금까지 웃는 연습을 너무 자주 했더니 웃는 것도 유전자에 각인되어 버렸나 봅니다. 이젠 입이건 항문이건 콧구멍이건 귓구멍이건 툭하면 내 몸 곳곳에서 웃음이 샙니다. 9−12, 너도 웃겨 볼려고? 9−12의 앞발과 뒷발이 창백하게 질려갑니다. 손톱 발톱까지 질리는가 싶더니 앞으로 나란히 하듯 곧장 늘어집니다.

−더워 죽을 거 같아….

쥐방 모든 냉방 시설이 꺼지고 한 시간도 채 지나지 않아서 일어난 일입니다. 9−12는 더위에 대한 실험에 동원 중이기는 했지만 더위다운 더위커녕, 30도 이상 되는 더위에도 노출된 적이 없습니다. 9−12는 8월 마지막 밤 열대야를 견디지 못하고 그렇게 죽어 갔습니다. 여러 날을 굶었음에도 모든 동작을 멈춘 9−12 앞에 토사물들이 흥건합니다. 사과, 팝콘, 신문지, 사전 쪼가리, 정의 되지 않는 데이터 조각들, 누군가에게 전송하려고 했던 이메일과 외로움 시 모음 같은 것들…. 체중의 흔적처럼 아직 덜 소화된 내용물들이 끈적한 위액과 알맞게 버무려져 있습니다.

─바보 같은 9-12, 이 밤만 지나면 9월이고, 더위도 곧 가는데….

9-12는 아침마다 묻고 있었습니다. 넌 왜 케이지 벽에 들러붙어 있니? 9-12는 '프랑스에서 10년 만의 폭염으로 4천 명 사망' 따위 케케묵은 기사와 '폭염이란 더위가 치솟아 평소의 기온을 훨씬 웃도는 된더위로서…' 따위 사전 뜻풀이를 아무리 먹어 치워도 폭염이 무언지 더위가 무언지 끝내 이해할 수 없었던 모양입니다. 9-12는 새벽 소식을 뜯어먹은 쥐답지 않게 아침마다 나를 보면 묻고 또 묻는 것이었습니다. 넌 왜 또 케이지 벽에 들러붙어 있니? 아마도 9-12가 나를 이해하려면 죽었다 다시 태어나야 할 것입니다. 하지만 9-12는 다시 태어나더라도 '대를 이어 가난한 유전자'를 받고 태어나지 않는 한 1의 더위에도 10의 더위로 고통스러워하는 내 신고를 온전히 이해하지 못할 것입니다. 9-12는 전생에 더위 먹어 죽어버린 쥐답지 않게 아침마다 또 이렇게 물을 것입니다. 넌 왜 또 케이지 벽에 들러붙어 있니? 단 한 번의 시련, 겨우 하룻밤 열대야를 맞본 경험 정도로 유전자 기억 지도를 맞바꿀 수는 없습니다. 유전자 기억 지도마저 갈아치우려면 죽어서도 그 기억이 남을 정도로 지속적이고 강렬한 기억 데이터가 축적되고 쌓여야만 합니다. 더위나 가난 같은 것이 한두 번 경험으로 유전자에 각인된다면 유전자는 너무 많은 데이터를 기록하느라 과부하가 걸려 버리겠지요.

저 케이지도 치워버리세요.

　노 선생이 동물실험실 관리인에게 9-12가 머물던 케이지를 치우라고 지시합니다. '대를 이어 부자인' 쥐와 '대를 이어 가난한' 쥐의 대조 그룹 실험은 완전히 종료되는 모양입니다. 이제 아침저녁으로 선선한 바람이 불고 있습니다. 더위도 물러갔고 나도 곧 생체실험 당할 것입니다. 9-12가 외로움에 지쳐 올라가 있곤 하던 그 미끄럼틀도 분해되고 있습니다. 우당탕, 미끄럼틀이 넘어지면서 내 가슴속에서 9-12 목소리도 우당탕 넘어집니다. 너를 안고 싶어. 9-12가 죽기 전에 미안하단 말을 못 한 게 걸립니다. 나는 가난하고 가난해서 굶어 죽는 한이 있더라도 빚의 쌀로 밥을 해 먹고 빚의 이자로 구름사다리를 엮어 오르는 짓 따위는 하지 않을 작정입니다. 한 번 가랑비에도 녹고 마는 그 구름사다리의 빚과 이자를 갚느라 전생의 엄마는 평생 머리핀 하나 사서 꽂아보지 못했습니다. 빚만 지지 않고 살아도 성공한 삶입니다. 그런데 9-12에게 빚을 지고 말았습니다. 고마워, 라는 말을 못 하고 말았습니다.

　굳이 축적된 유전자 정보가 아니더라도, 모든 생명체는 자기 자신 유전자를 후대에 잘 전이하기 위해 필사적으로 생존에 유리한 쪽으로 진화해 간다고 합니다. 나 역시 '웃음'이나 '걸리적거리는 느낌'이나 '소름'마저 나에게 유리한 쪽으로 이용해야 한다는 걸 본능적으로 알았습니다. 넌 왜 또 케이지 벽에 붙어 있니, 캴캴. 그래서 9-12가 말을 걸 때마다 알아서 내 생각들이 뒷걸음질 쳤습니다. 넘어가면 안 돼, 지금 삶이 너의 최선이야. 생각들 사이로 9-12 목소리가 또 넘어집니다. 더워… 죽을 거 같아…. 벽에라도 들러붙어, 목숨이 오락가락인데 외로움 따위가 다 뭔 소용야! 이번에는 생각이 아니고 실제 어눌한 내 입에서 튀어 나간 말이지만, 아아 하지만, 맹세코 이런 말을 하려던 건 아니었습니다. 무엇보다 9-12가 그따위로 터무니없이 한 번의 열대야에 죽어버릴 줄 까맣게 몰랐습니다.

미끄럼틀이 뜯겨나갈 때마다 9-12의 기억도 둘, 셋, 뜯겨나가고 있습니다. 내 부패한 가슴속 소리들도 둘, 셋, 증폭되기 시작합니다. 너를, 안고, 싶어, 마침내 내 안 소리들이 기하급수적으로 팽창하더니 기어이 곪아 터지고 맙니다. 폭염에 절어 쭈글쭈글 초점 멍청한 나의 눈에서 물방울 하나가 또르르 굴러떨어집니다.

"이게 뭐지?"

노 선생이 냅다 내 목덜미를 누릅니다. 제어합니다. 연속 동작으로 파라락 연구 노트 아무 데나를 펼칩니다. 연구원 본능에 따라, 내가 눈물인지 분비물인지 모를 것을 문질러 버릴까 봐 오른손으로는 실험쥐 목덜미를 움켜쥔 채 왼손으로는 연구 노트에 삐뚤빼뚤 써내려 갑니다. 이 정체불명의 물방울은 쥐의 땀인가 눈물인가?? 물음표도 두어 개 덧붙입니다. 내가 노 선생 손아귀에서 버지럭거리는 사이 노 선생은 잽싸게 손을 바꾼 뒤 좀 더 구체직으로 적어 나갑니다. '쥐의 스트레스와 분비물(혹은 눈물)의 강도' 또는 '쥐의 고통과 분비물(혹은 눈물)에 대한 상관관계.' 노 선생이 메모하던 손을 멈추고 내 눈을 똑바로 들여다봅니다. 드디어, 노 선생이 내 쪽으로 완벽하게 시선을 돌렸습니다. 9-12 생각은 온데간데없이 나는 마저 눈물을 흘립니다. 물기는 내 뺨 위로, 내 뺨의 난처한 솜털들 위로 또르르 굴러떨어집니다. 떨어지기 직전, 노 선생이 실험용 접시에 그것을 담습니다.

가난한 자의 눈물은 동정심을 유발하는 치사한 것입니다. 노 선생은 그 마지막 날 남자 친구 앞에서 느닷없이 뚝 눈물을 흘리고 만 이후, 처량하고도 가난한 눈물을 특히 혐오합니다. 그럼에도 대를 이어 가난한 쥐의 눈물은 너무 느닷없고 어이없어서 실소가 터집니다. 노 선생의 입술 사이로 바람 빠지는 소리가 새어 나옵니다. 피식거리는 웃음, 기가 막힌 웃음, 어이없는 웃음, 바람 빠지는 웃음, 역시 수많은 웃음 종류 중 하나일 터, 나는 결국 노 선생을 웃겼습니다. 노 선생이 내 머리를 쓰다듬어 줍니다. 나는 새 베딩이 깔린 케이지에 넣어집니다. 노 선생이 나의 이름표에 덮어쓰기를 합니다.

'대를 이어 가난한 쥐의 돌연변이 현상을 비교 연구하기 위한 검토군 0-1-1'.

나는 새로운 이름표를 달았습니다. 나는 이제 운명과 팔자가 뒤바뀔 것입니다. 좀 더 객관적인 표현으로 바꾸자면, 나의 유전자 기억은 뒤바뀔 것입니다. 9-12도 없고 0번 대의 가난한 동료들도 모두 폐기된 상태지만, 나는 마음만 먹으면 인간들 손을 빌리지 않고도 나의 유전자를 조작할 수 있게 되었습니다. 옵션으로는, 대를 이어 가난한 유전자의 어느 틈에, 마음만 먹으면 가난한 쥐가 부자 쥐로 환골탈태할 수도 있다는 '가능성'을 추가할 것입니다.

나는 오늘 열 개 단어를 부여받았다.

좋다

싫다

올해

지난해

과학자

예술가

미술관

음악실

한다

못한다

가 포함된 글을 작성하라는 임무를 부여받았다. 단어들은 무

작위로 뽑힌 단어들이다. 보면 안다. 책꽂이에 꽂혀 있던 책 제목에서 뚝 자르거나 비틀어서 내놓은 단어들. 나도 이제 김 연구원보다 더 깊이 더 넓게 생각할 수 있는 능력이 생겼다. 김 연구원은 나를 단순한 실험용 동물로만 이용해 먹지 않을 작정인가 보다. 김 연구원이 제시한 이 단어들이 포함된 글을 작성하는 '숙제'는 김 연구원 조카가 학교에서 부여받은 숙제다. 물론 조카는 내가 아닌 기계인공지능 '톤'을 통해서 더 교묘하고 미묘하게 조합된 문장들을 수도 없이 건네받을 수 있다. 내가 작성한 문장보다 더 치밀하게 조직된 문장들을 출력해서 숙제를 퍼펙트하게 끝낼 수 있다. 그럼에도 김 연구원은 나에게 조카의 숙제를 떠맡겼다. 김 연구원은 꿩 먹고 알 먹고 전략을 택한 것이다. 이로써 나는 김 연구원이 여태 연구하고 실험해 온, 인간의 뇌 조직+실험동물의 몸체+현재 지구상에서 유일한 '생체인공지능'으로 대변되는 나의 뇌 조합=어떤 결과를 가져오는지를 인증하게 될 것이다. 나는 생각하기 시작했다. 톤이 시도했다면 1분 내에 문장들을 다양하게 '조합'해 냈겠지만 나는 기계 지능이 아니니까, 최소한 나는 숨을 쉬고 먹고 자고 싸야 하는 동물 범주에 속하는 자연물이니까 '생각'이라는 과정을 거쳐야 한다. 나는 김 연구원이 뚫어지게 나를 주시하는 앞에서 골똘하게 생각을 시작했다.

나는 내 상황이 좋다. 그러면서도 한편 싫기도 하다. 왜냐면 올해 나는 큰 상을 받았다. 먼저 상에 대해 밝히면 글이 재미없어지니까 우선 지난해 내가 어떤 일을 했는지를 이야기해야겠다. 나는 지난해에 과학자들이 모인 장소에 갔었다. 그곳에서 나는 일약 스타가 되었다. 왜냐면 나는 여태 인간들이 만들어 내지 못한 생체인공지능형 최초 모델이 되었기 때문이다. 인간들은 기계인공지능 톤은 너무 인간미가 없다고 쯔쯔거렸다. 톤이 예술가처럼 글도 쓰고 미술관에 놀러 간 아이들처럼 천진난만하게 그림도 그리고 음악실에서 피아노를 처음 배우는 아이들처럼 뚱땅거리는 법도 없이 베토벤과 음색이 닮은 오페라를 작곡해 버렸기 때문이다. 인간들은 갑론을박했다. 기계인공지능 톤은 인간들처럼 실수하지 못한다. 실수해도 금방 오류를 극복해 버려서 인간들이 그 실수의 간극조차 알아채지 못하게 만든다. 그게 인간들로 하여금 톤을 솔직하지 않고 재수 없는 로봇이라고 여기게끔 만든 것이다…

여기까지 생각의 자판을 두드리는데, 짜증이 났다. 실험동물 짬밥이 몇 년 차인데 얼굴도 본 적 없는 꼬맹이의 말도 안 되는 단어 짜깁기 숙제나 해주고 있단 말인가. 김 연구원은 아직도 자신의 연구 실적인 '나'를 믿지 못한다는 말인가. 나는 모니터를 뚫고 들어갈 것처럼 주시하는 김 연구원을 할끔 째려보았다. 생각의 자판이 더 이상 움직이지 않자 김 연구원은 놀란 듯 실망한 듯, 어쩌면 흥미롭다는 듯 나를 보았다. 나는 내 감정을 들킨 것 같아 화까지 났다. 나는 김 연구원에게 내 감정을 들킨 적이 없다. 그래야만 했다. 아니면 김 연구원이 객관적인 연구 데이터를 끌어내는 데 엄청나게 혼란스러울 테니까. 그래서 연구원들은 암컷을 실험동물로 사용하기를 꺼린다. 암컷은 생리주기에 따라 임신 여부에 따라 사랑에 빠졌느냐 실연당했느냐에 따라 감정이 천차만별이다. '감정'도 분자들 조합이자 에너지 발현이고 보면 김 연구원 모니터에는 미세한 균열과 에러가 생긴 빨간 작대기들이 즐비할 것이었다. 작대기는 실험값을 나타내는 그래프인데, 빨간 작대기는 자비가 없다.

김 연구원은 나를 자신의 실험동물로 선택하기까지 많은 시행착오를 거쳤다. 김 연구원은 1만여 마리 실험동물을 대상으로 감정 평가 실험을 먼저 시행했다. 나 역시 처음에는 김 연구원이 의도하는 실험 주제가 무엇인지 알지 못했다. 나는 감정 축삭돌기가 심하게 다양한 모친을 둔 바람에 고아가 됐다. 모친은 김 연구원 모니터에 빨간 에러 작대기들을 무차별 그려내었고, 에러 작대기들 덕분에 내가 태어나자마자 생체 분해되었다. 김 연구원은 모친 뇌에서 감정 뇌 부위를 잘라 나에게 이식했다. 이건 아주 나중에야 알았지만 김 연구원은 모친 뇌를 나에게 접합시킬 때 또 하나의 수술을 몰래 감행했는데, 김 연구원 자신 뇌 조직 일부까지 내 뇌에 접합시켰다. 수술은 김 연구원이 직접 집도했고 옆에서 돕던 보조 연구원들 누구도 김 연구원이 실험동물 뇌 조직과 인간 뇌 조직을 동시에 접합하고 있다는 사실을 인지 못 했다.

"김 연구원님, 거기 머리, 다치신 거예요?"

"계단에서 미끄러졌어. 많이 다친 건 아니고."

뇌 조직을 접합하던 날 김 연구원과 연구 보조들이 나눈 대화는 기억이 났다. 나도 김 연구원이 넘어져서 다친 줄로만 알았다. 역시 아주 나중에야 알았지만 김 연구원은 나를 위해서였다고 했다.

"너 같은 실험동물은 처음 봤거든. 너의 경우, 반드시 한 방에 실험이 끝나고 성공해야만 했거든."

김 연구원은 누구도 믿지 못했다. 보조 연구원들은 정말 보조에 그쳤을 뿐이고, 연구 교수들은 김 연구원의 연구 실적을 챙겨가기에만 바빴다. 김 연구원은 자신 뇌 조직 일부를 축출함으로써 자신에게 어떤 결과가 벌어질지도 각오하고 있었다.

"이후로 내가 감정을 교란당할지도 모르고, 또 기억 일부를 잃거나 아니면,"

김 연구원은 잠깐 말을 끊었다. 중대한 고백의 서막이었다.

"어떤 아주 아주 중요한 대목을 기억 못 할지도 모르지, 기억의 연결점에 심각한 파형이 패일 지도 모르지, 그럼에도 나는, 나와 너 외는 누구도 믿을 수가 없었어."

김 연구원의 자근자근한 고백은 설득력 100퍼센트였다.

"무엇보다 내 생각을 100퍼센트 너에게 설명하거나 이해시킬 수가 없었어, 방법은 하나뿐이었어, 내 뇌 조직을 너에게 넘겨주는 방법밖에는."

그날 이후 나는 김 연구원의 생각 대부분을 거저 읽어낼 수 있었다. 나는 자연스럽게 김 연구원이 되어 가고 있었는데, 김 연구원은 흐뭇해하다가 난해한 표정을 짓다가 나를 감시하기도 했다. 그럼에도 김 연구원은 나를 완벽하게 이해할 수는 없었다. 당연했다. 나는 실험동물의 뇌 조직도 다량 보유하고 있으니까. 심지어 모친의 감정 기억까지 보유하고 있는 데다 실험동물 몸뚱이까지 겸비하고 있으니까. 김 연구원의 생각이 1일 때 내 생각은 1×4개다. 그래봤자 수적으로는 도로 1이라고 우길 수도 있겠지만 김 연구원의 1과 나의 1은 질과 양이 틀린 1이다. 김 연구원은 미세한 그 '생각의 차이 값'에서 차별화를 특화하는 특허를 낼 예정이다. 생각을 어떻게 특화하냐고? 생각도 움직임의 한 종류다. 뇌의 신피질에서 격자세포와 장소세포가 동시에 합심하여 신경세포들을 부추길 때 극파가 일어나는데, 이 극파들 꾸러미가 '생각'이다. 따라서 생각은 움직임의 한 종류이며 이 생각의 움직임들을 관찰하고 파고들면 생각의 특화가 가능하다. AI연구자들도 이 신경세포를 모방하여 기계인공지능을 만든다. 하지만 기계인공지능은 가지돌기 극파가 없다. 반면 나의 경우는 가지돌기뿐만 아니라 가지돌기와 동조하는 수천 개의 시냅스가 따로 또 있다. 가지돌기 극파의 결과값은 '예측'의 형태로 나타난다고 보는데, 기계인공지능 톰은 이런 '예측'을 할 수가 없다. 시킨 것만, 공부

한 것만, 들이판 것만 잘한다는 뜻이다.

　인간들은 아직도 뇌의 정체를 다 파악 못 했으며, 신체 비밀도 다 파악 못 했다. 하지만 실험동물 가문의 1000만 대째가 되는 나는 이제 안다. 동물 몸체 역시 동물의 뇌 조직만큼이나 다양하게 감정을 보유하고 기억을 저장한다는 것을. 물론 인간도 일부는 파악했다. 인간의 위와 장에 인간 뇌 조직 일부가 뻗어 있고, 뇌가 스트레스를 받으면 체하거나 탈이 난다는 것을. 그래서 연륜 있는 소화기내과 의사들은 종종 소화기내과 환자에게 정신과 계통 약이나 신경과 계통 약을 처방하기도 한다. 게리슈 왈츠 애리조나주 주립대학 교수는 인간의 장기 세포에는 기억 기능이 있어서 이 기억이 전이될 수도 있다고 했는데, 몸체가 뇌를 대신할 수 있다는 증거는 '세포기억설'로도 일부 증명된다. 2017년 미국에서 실제 있었던 사건인데, 7세 소녀 제니퍼는 심장을 이식받은 후부터 자꾸 악몽을 꾸었다. 그 악몽 속에서 심장의 원래 주인이 겪었던 참혹한 범행 현장이 그대로 재현되었고, 범인 얼굴도 또렷하게 보였다. 결국 그 범인은 제니퍼의 꿈 때문에 잡혔는데, 과학계나 의학계는 아직도 이식된 심장 세포가 어떻게 심장 기증자가 겪은 사건 기억을 7세 소녀의 꿈으로 내보냈는지 그 기전을 밝히지 못하고 있다. 따라서 내 몸체는 김 연구원이 이해 못 하는 기전들이 아주 많다. 김 연구원을 비롯한 인간들은 오래전부터 실험동물에 대한 데이터를 톤이 보유한 정보만큼은 축적해 놓았다. 김 연구원도 종종 나를 다 안다고 자부한다. 하지만 김 연구원은 실수하고 있다.

모친의 갑작스런 생체 분해 이후 나는 깨달았다. 젖도 떼지 못한 생명체였지만 모친이 왜 어떻게 죽었는지를 분명하게 인지했고 이후로 나는 어떤 감정도 드러내지 않는 실험동물이 되었다. 김 연구원은 1만여 마리 실험동물을 분해하거나 마취통에서 질식사시킨 다음에야 돌고 돌아서 나를 찾아왔다. 이 경우 '찾아내었다'는 표현이 더 맞을 것 같지만. 나는 1만여 마리 실험동물이 내 눈앞에서 죽어 나갈 때까지 전혀 동요하지 않았다. 내 앞에앞에 케이지에 살던 녀석은 동료들이 분해되고 잘리고 찢기고 질식하는 사이 트라우마가 극심해져 스스로 목숨을 끊었다. 실험 케이지 뚜껑 철망 틈 사이로 억지로 머리를 밀어낸 뒤 스스로 목을 비틀어 꺾었다. 그 사건 이후 김 연구원은 실험동물 해부를 중단했다. 차라리 처음부터 '감정을 드러내지 않거나 감정에 매몰되어 연구 작대기를 빨갛게 망치지 않을 자신 있는 실험동물이 있으면 꼬리를 들어 보라'고 했더라면 좋았을걸. 그럼에도 나는 김 연구원 뚝심이 마음에 들었다. 어차피 실험동물로 살다가 죽을 목숨이라면, 최소한 『네이처』지에는 등재된 뒤에 죽겠노라 다짐했던 나였고, 따라서 어찌 보면 내가 김 연구원을 선택했다고 보는 게 맞았다. 다만 1만여 마리 동료들이 희생당할 때까지도 김 연구원 실험 목적과 의도를 정확히 파악하지 못한 게 패착이라면 패착이고.

　김 연구원의 뇌 조직 일부는 내 머릿속에서 증식에 증식을 거듭했고 생각에 생각을 거듭했고, 톤이 지구상 모든 데이터를 머릿속에 꾸겨 넣고 명령한 대로 가공한 정보를 토해내는 동안, 내 시냅스와 내 뇌 조직들은 예측불허로 질서 없이 성장했다. 이 부분이 매우 중요했다. 가장 개인적인 질서가 가장 창의적인 패턴이라고 했던가. 즉, 기계인공지능 톤이 아무리 많은 데이터를 축적하고 아무리 세련된 문장들을 지어낸다고 해도 그것은 이미 한 번쯤은 지구상에서 출현했던 문장들에 다름 아니다. 아주 전혀 새로운 문장은 아니다. '예측'도 아니요 '창조'도 아닌 기존 문장 패러디거나 복사, 붙여넣기다. 하지만 내 뇌 조직들은 달랐다. 무엇보다 나는 톤보다는, 김 연구원보다는, 절대 부정할 수 없는 한 가지 더 확실한 패가 있었으니, 내 몸뚱이였다. 내 몸의 무수한 세포 조직들은 뇌 조직들과 연계하여, 심지어는 세포 홀로 스스로도, 톤이나 김 연구원이나 인간들이 전혀 생각지도 못했던 것들을 해낼 수 있었다. 지금 김 연구원 눈이 바로 그것을 요구하고 있다.

　"이건 톤도 만들어 낼 수 있는 문장이잖아. 조카도 만들어 낼 수 있는 문장이잖아."

　나는 눈꺼풀을 한 번 껌벅였다. 역시, 김 연구원은 달라. 내 '고유한' 이 생각은 지금 김 연구원에게 읽히지 못한다. 김 연구원은 자신의 뇌 조직을 희생한 만큼, 그 뇌 조직이 내 뇌 속에서 확장된 만큼, 딱 그만큼만 내 생각을 읽을 수 있다. 내 뇌는 24시간 365일 김 연구원 개인 모니터에 뇌파를 쏘고 있다. 김 연구원은 내 뇌파를 한 톨도 놓치지 않으려고 나와 함께 동물실험실에서 야전 침대를 놓고 숙식을 같이 하고 있다. 김 연구원은 99.9퍼센트는 나의 생각을 읽어낸다고 믿을 터다. 하지만 0.1퍼센트, 그 0.1퍼센트 다름이 김 연구원과 나의 간극을 만들었는데, 하물며 0.1초에 지구 한 바퀴를 도는 '생각의 다름'과 그 생각들이 질서정연하게 정리된 '문장의 다름'은 어떨까. 나는 감정을 드러내지 않는 덕에 살아남았고 감정을 드러내지 않는 덕에 지금까지 김 연구원과 함께 할 수 있었다. 나는 김 연구원을 『네이처』지에 등단하게 도울 것이며 나 역시 『네이처』에 이름을 남긴 실험동물로 기억되고 싶다. 그러기 위해서는 0.0001그램의 감정도 들켜서는 안 된다. 나는 조금 전 짜증과 화딱지를 두 번 눈 깜빡임으로 덮어쓴 뒤 다시 쓰기 시작했다.

내가 못 하는 건 이거다. 남들처럼 하는 거. 나는 음악실에 가서 지난해 먹다가 떨어뜨렸던 과자 부스러기를 찾았다. 올해 부스러기는 어디쯤 굴러가 있을까. 나는 좋다. 과자도 좋고 이 엉뚱한 숙제도 좋다. 하지만 싫다. 과학자는 더 싫다. 예술가는 어떨까. 그건 기계인공지능 톰이 열심히 흉내 내는 중이어서 옛날 미술관에나 가련다. 가서 그림 같지 않은 그림, 생명체의 숨결이 삭제된 톤의 그림에 과학자 같은 낙서나 하고 올까…

김 연구원이 모니터와 나를 번갈아 보았다. 김 연구원이 몇 번 눈을 껌벅이더니 고개를 저었다.

"있을 텐데. 너만이 할 수 있는 그것, 그런 문장. 그래야 나도 너도 조카도 살 수 있는 그런 문장."

나는 눈꺼풀을 한 번 더 써먹었다. 그러지 뭐, 그럼 나도 나처럼 살아 보지 뭐. 나는 뒷말은 생각하지 않았다. 김 연구원 뇌와 나의 뇌가 동시에 활성화된 지금 생각은 모니터에 그대로 뜰 테니까. 나는 몸짓으로 뒷말을 대신했다.

하지만 후폭풍은 책임 안 져, 조카도 김 연구원 당신도.

나는 자판을 두드리기 시작했다. 나도 앞 두 개 문장들이 마음에 안 든다. 통상적으로 읽힐 만한 문장에 치중하다 보니 지나치게 보편적인 문장들이 만들어졌다. 나는 수정했다. 제시된 열 개 단어들을 기준으로 만들어 낼 수 있는 문장은 무수히 많다. 같은 문장도 결코 나오지 않는다. 한 개 단어라면 몰라도 열 개나 되는 단어가 겹치면서 같은 문장이 된다는 것은 베끼거나 표절한 경우가 아니라면 없다. 느낌은 비슷할 수 있다. 어차피 같은 단어들로 버무린 문장이니까. 하지만 맛은 다르다. 달라야 하고말고.

그 대목에서 김 연구원의 조바심치는 속내가 내 뇌에 읽혀 들었다. 김 연구원이 '조카의 숙제'라고 둘러댄 것도 알았다. 제시된 단어들로 조합해 낸 문장이 내가 해내야 할 '진짜 숙제'이며 김 연구원 연구 과제 성과 중 하나로 기록될 거라는 것도 읽어냈다. 따라서 내가 써낸 문장에는 0.1퍼센트의 사적 감상이나 뻔할 뻔자인 수식 따위가 걸쳐져서는 안 된다. 김 연구원이 나에게 모친 뇌를 접합한 이유는 단순했다. 내 뇌가 감정이 망가진 불량 뇌가 아니라 나의 이성과 노력으로 감정을 통제할 줄 아는 지극히 정상적인 뇌를 가진, 그러함에도 감정 통제에 있어서만큼은 철두철미한 실험 개체임을 확인하기 위한 절차였다. 덕분에 누구보다 펄펄 뛰는 감정을 소유하였으나 누구보다 꽉꽉 눌러 담는 감정을 가져야만 했고, 김 연구원으로부터 감정 통제에 있어 천재 실험 동물이라는 칭찬을 얻어듣기도 했다. 즉, 내가 숙제 따위 스트레스에 연연하지 않고 자연스럽게 만들어 낸, 인간들이 인간 본연 자세로 상투성이나 '동굴'의 개입 없이 써낸 자연스러운 문장, 그 자체를 원한다는 것을 알았다. 단순한 것이 아름답다는 말이 진실이라면 그건 최고 예술 작품에 버금가는 세상에서 유일무이한 문장이 될 것임도 알았다. 나는 집중했다. 나는 감정을 드러내지 않는다. 그것이 나를 살렸고 앞으로도 나를 살리고 지탱해 줄 것이다. 그렇다면 문장 역시 나를 닮아야 한다. 감정은 드러나지 않으면서도 생명체 숨결이 느껴지는 문장, 그게 진정한 생체인공지능의 문장이므로. 나는 다시 문장을 쓰기 시작했다. 나는 김 연구원 표정을 보지 않아도 알 것 같았다. 이번에 제출한 숙제는 퍼펙

트한 만점이라는 것을.

    못한다
    한다
    음악실
    미술관
    예술가
    과학자
    지난해
    올해
    싫다
    좋다

    또는

    좋다, 싫다, 올해, 지난해, 과학자, 예술가, 미술관, 음악실, 한다, 못한다,

    김 연구원은 내 앞에서만 속내를 드러낸다. 그런데 김 연구원 얼굴에 표정이 없다. 말도 없다. 나는 혀로만 날름 웃는다. 그렇다. 만약의 만약의 만약의 경우(실수로 김 연구원이 나를 놓치거나, 의도적으로 내가 탈출하거나 같은 경우)를 위해서 나는 마지막 내 영역만큼은 확보해 둘 필요가 있다. 아무리 김 연구원이 요

구한 숙제라 해도 다, 몽땅 다, 내 것을 털어내 보여줄 수는 없다. 김 연구원이 원하는 대로 한 방에 짜쟌, 역할을 완료해 버리면 그걸로 정말 끝일 테니까. 나는 김 연구원을 믿지 않는다. 나는 조작된 나의 뇌도 믿지 않는다. 실험동물로서 1000만 대를 이어 살아온 나의 유전자들이 내 안에서 한 조각의 유전자도 실격하거나 결석하지 않고 100퍼센트 투표해서 얻어낸 최종 결론이다. 나는 이 결론에 근거하여 나를 운영할 것이다. 감정도 없으며 김 연구원도 믿지 않지만, 김 연구원이 나의 생사여탈권을 쥐고 있다는 사실 하나는 잊지 않는 실험동물.

나는 오래오래 살고 싶다.

신낙엽군과 킹왕짱

신낙엽군은 기를 쓰고 꼬리를 흔들었다. 꼬리가 그나마 신낙엽군의 가장 큰 무기다. 몸체에서 꼬리 면적이 가장 크고 가장 추진력 있게 어항 속을 나아갈 수 있기 때문이다. 신낙엽군에게 등지느러미나 양쪽 가슴 부위에 붙은 가슴지느러미는 별 소용이 없다. 신낙엽군은 태어날 때부터 뱃가죽이 납작했다. 최근 유행하는 프로필 사진 찍기에 도전하려고 만든 몸매가 아니다. 아무리 먹어도, 밥통이 남들에 비해 10분의 1크기밖에 안 되는 바람에 먹을 수 있는 양이 매우 제한된 삶이기도 했지만, 배가 나오지 않았다. 뱃심이 없으므로 똑바로 살아 있을 수가 없었다. 어항 속에서는 '똑바로'가 수평으로 헤엄치는 정자세를 말하는데, 몸통의 다섯 배나 큰 꼬리 덕에 신낙엽군의 몸통은 꼬리를 중심으로 머리는 위로 꼬리는 아래로 수직으로 가라앉는 상태 몸짓을 갖게 되었다. 구피들은 평형을 하면서 살아가지만 신낙엽군만은 수직으로 서서 헤엄치듯 살아가야 했으므로 태어나면서부터 신박한 삶을 부여받은 셈이었다. 납작한 뱃가죽과 커다란 꼬리의 지나친 불균형은 시나브로 몸의 균형을 무너뜨렸다. 신낙엽군은 똑바로 선 자세도 아니고 우측이나 좌측으로 기운 자세도 아니고 머리가 어항 바닥으로 처박힌 자세도 아니고 수평 자세는 더더욱 아닌, 그렇다고 아예 죽어버려 배를 뒤집어 누운 자세도 아닌 상태로 버티기 위해 늘 어딘가에 기대어야만 했다. 어딘 가에라도 기대지 않으면 1초마다 평균 골백번은 꼬리를 팔락거리고 가슴지느러미를 하늘 위로 팡팡 처대며 솟구쳐 흔들어대고 등지느러미를 좌우좌우좌우 곧추세워 균형 잡아야 했다. 신낙엽군에게 있어 생은 어떻게든 가라앉거나 뒤집어 지지 않는 하루를 유지하기 위해 몸통을 붙잡아두는 것이었는데, 그 붙잡아두는 행위 자체만으로도 어찌나 많은 열량을 소비하는지 오늘 아침 삼킨 두 개 먹이로는 턱도 없이 지쳐버리는 것이었다. 신낙엽군이 지쳐, 지쳐, 어항 구석으로 도망쳐 꼬리를 바닥에 퍼질러놓고 배까지 바닥에 널어놓으면 곧장 동료들이 신낙엽군의 등을 쿡 찍었다. 구피 입질은 매우 거칠고 세다. 결코 장난이 아니다. 생존의 방식이다. 작정하고 입질하면 등껍질이 뜯겨나가기도 한다. 어항 속에서 지느러미가 찢어지거나 비늘을 한 개라도 잃어버리게 되면 그 순간 죽음을 예약해 놓았다고 보면 맞다. 어항 속 각종 세균과 더러운 똥오줌 공격에 무차별 노출될 것이며, 상처 입은 사실이 다른 동료들에게 공유되면서 더 열렬하게 입질들을 부추기게 되고, 한쪽 구석에서 요양하거나 치료할 기회는커녕 입질에 저항할 능력조차 현저히 둔해진다. 주인이 아침저녁으로 살포해 주는 먹이는 가장 힘센 녀석이 가장 많이 낚아챘으며, 한 번이라도 입질을 당했거나 비늘이 한 개라도 떨어진 녀석은 가장 늦게 먹이를 먹게 되는데, 대부분은 아예 먹이를 구경조차 못 하는 경우가 허다했다. 그런 상황이 하루 이틀 연속되고 보면 더욱 깊게 병들게 마련이고, 병든 녀석들은 뻔히 눈 뜨고도 동료들 입질에 하릴없이 몸뚱이를 대주다가, 끝내는 배를 뒤집으며 어항 저 구석이나 이 바닥에 죽어 나자빠지게 되어 있었다.

따라서 신낙엽군은 단 한 순간도 쉬어서는 안 되었다. 신낙엽군은 한순간도 쉬지 못하고 꼬리와 지느러미와 몸통을 수직으로, 수직으로, 움직여 어항 속을 떠다녀야 했다. 하지만 한계가 있었다. 먹는 것에 비해 지나치게 열량을 소비하자 신낙엽군의 몸이 통째 떨리기 시작했다. 그 떨림은 더 이상 지느러미 질을 하거나 헤엄치면 열량 고갈로 죽을 수도 있다는 신호였다. 신낙엽군은 마지막 은행잎이 겨울바람에 떨리우듯 온몸을 떨면서 겨우겨우 나아갔다. 어딘가에 한 구석은 반드시 내 한 몸 숨길 구석이 있으리라고 강력하게 믿으면서 어항 안을 샅샅이 돌아다녔다. 동료들은 느긋하게 아침 식사를 마치고 따뜻하고 다정한 아침 햇살이 들이치는 어항 양지에서 아침 단잠을 청하거나 연애를 하거나 혹시라도 바닥 자갈이나 한들거리는 수초 잎들 사이에 숨어 있을 먹이를 찾아 이리저리 먹이질하며 떠돌고 놀고 있는 와중이었다.

―여기는 지나갈 때마다 천둥번개 소리가 나네.

신낙엽군은 떨리는 몸을 좌우로 상하로 기를 쓰고 흔들면서 그곳을 지나치는 중이었다. 그곳은 어항 속에서 악명 높기로 유명한 여과기 지역이었다. 용암이 들끓는 활화산 중턱 같은 곳, 끝없이 미끄러지고 미끄러져 숨져가는 개미지옥 같은 곳, 발을 뺄수록 빠져드는 늪 같은 곳. 여과기는 어항 속 물과 부유물들을 전기 모터 힘으로 끌어들여 물과 부유물을 스펀지 사이로 통과시켜 물은 내보내고 부유물은 스펀지에 가두는 어항 정화 장치 중 하나인데, 그 전기 모터 덕분에 신낙엽군의 몸 떨림과는 비교가 안 될 정도로 규칙적으로 징징징 자동으로 덩덩덩거렸다. 여과기를 통과해서 뿜어져 나오는 물줄기는 동료들 몸통을 돌멩이처럼 휙 날려버릴 정도로 강력했다. 동료들은 알고 있었다. 여과기 앞이나 여과기 주변은 지나다닐 곳조차 못 되는 죽음 지대라고. 그래서인지 여과기 위에는 아무도 없었다. 다만 여과기가 뿜어내는 폭탄 같은 물살, 폭탄 물살이 만들어 내는 물 여진들과 물 메아리와 매 순간 노한 물 폭풍이 있을 뿐.

―저게 귀신 파도라지.

여과기의 지칠 줄 모르는 물 퍼레이드는 귀신 파도라는 전설로 포장되었다. 어쨌거나 여과기 위에는 아직 아무도 없었으므로 신낙엽군은 겁대가리 없이 여과기 위로 좌우좌우 몸을 떨면서 나아갔다.

ㅡ내가 덜덜덜 떠는 거랑 여과기가 덩덩덩 떠는 거랑, 얼마나 다를까.

신낙엽군은 처음부터 그럴 생각은 없었다. 다만 어항 구석마다 힘센 동료들이 먼저 자리를 차지하고 눈을 게슴츠레 감은 채 뻐끔뻐끔 코를 골고 있어서 어느 구석으로도 들어갈 수가 없었고, 어항 어디에도 남은 틈은 없었다. 혹여 틈이 보여 신낙엽군이 몸을 덜덜덜 떨면서 꼬리를 질질질 끌면서 다가가면 어디선가 날렵하게 다른 동료가 달려와 신낙엽군을 톡 입질했다. 비늘이 뜯겨나가지 않으려면 그대로 도망쳐야 했다. 도망치고 도망치고 또 도망치고, 신낙엽군은 또 다른 틈을 찾아 또 덜덜덜 떨면서 꼬리를 질질질 끌면서 나아갔다. 그러다가 시선이 멈춘 곳에 여과기가 보인 것이다. 여과기 위 틈에는 여과기의 검은 몸신 색깔만 존재했다. 여과기 위 어항 물도 검은색을 탔다. 검은 몸신 색깔 위 검은 물속에는 보나 마나 검은 물결로 위장한 귀신 파도가 포복하고 있을 터고. 신낙엽군은 더는 덜덜덜 떨면서 꼬리를 질질질 끌 힘이 없었다. 금방 죽을 것 같았다.

ㅡ어차피 죽을 거라면, 차라리 저기서 죽자.

신낙엽군도 어항 속에서는 죽음이 끝이 아니라는 걸 알고 있다. 생의 끝이 죽음인 건 확실했지만 어항 속에서는 죽음 다음에도 거쳐야 하는 2차 죽음이 있다. 구피들의 '죽음의 해체식'이 그 것이다. 동료들은 늘 배가 고팠다. 동료들은 태어날 때부터 깨달은 게 있다. 유전자에 각인된 정보가 있다. 먹을 게 있으면 일단 먹고 보는 것. 그것이 막 태어난 자신 새끼여도 막 죽어 간 자신 아내여도 상관없다. 옆 동료가 방금 싸질러 놓은 길고 동글동글한 검은 똥이어도 상관없다. 일단 눈앞에 먹이라고 생각되는 것이 있으면 내 뱃속으로 밀어 넣을 것. 그것이 구피들이 멸종당하지 않고 지금껏 살아남을 수 있었던 유전적 명령 코드다. 구피들은 동료가 배를 뒤집기 시작하면 아가미가 채 멈추기도 전에 입질을 시작한다. 다른 동료가 먼저 뜯어먹어 버리기 전에 내가 먼저 뜯어먹어야 하니까. 배를 뒤집기 시작하는 동료는 아직 눈알이 뒤뚱뒤뚱 움직이지만, 멀쩡한 동료들은 가장 쫄깃하고 보드라운 뱃살을 입질하기 위해 돌진한다. 뱃살을 뜯기는 동료는 아직도 아가미가 움직이고 아직도 눈알이 움직이는 중에 한쪽 눈알이 파 먹히고 꼬리가 뜯기고 뱃살이 터지고 내장이 흘러나온다. 약간의 붉은 피도 레시피처럼 흩뿌려진다. 신낙엽군은 여과기 위로 덜덜덜 몸을 떨며 질질질 꼬리를 끌며 나아갔다.

—아쿠, 어지러워.

예상은 틀리지 않았다. 여과기 위 검은색 틈은 극심하게 덩덩덩 캉캉캉 떨렸다. 신낙엽군도 여타 동료들처럼 전기 작동 원리 따위 알 바 없고 알지도 못했으므로 덩덩덩 캉캉캉 떨림을 귀신 파도의 떨림이라고 믿었다. 신낙엽군은 기도했다.

─귀신 파도님, 잠깐만, 아주 잠깐만, 내가 잠들고 그리고 다시는 깨지 못할 그 아주 잠깐만 나를 좀 봐주세요. 나도 한순간이라도 덜덜덜 떨지 않고 온전하게 잠들어 보고 싶어요. 마지막으로 딱 한 번만 단잠을 자보고 싶어…

신낙엽군은 기도도 채 마치지 못하고 눈을 감았다. 구피들도 눈을 감고 잔다. 눈꺼풀이 있는 게 아니므로 완전히 눈을 감지는 못하지만 반쯤은 감고 잠든다. 검은 눈동자가 살찐 코스모스 씨앗처럼 타원형으로 쪼그라드는 '졸리졸리' 눈이 된다. 그때가 구피들이 온전히 잠든 상태다. 신낙엽군 눈은 졸리졸리 눈을 넘어서 거의 검은색 눈으로 변했다. 신낙엽군은 완전히 눈을 감은 것처럼 잠 속으로 빨려 들어갔다. 평생 덜덜덜 떨면서 산 것만으로도 충분했으므로 죽은 다음에는 멀쩡한 채 죽고 싶었다. 뱃살이 뜯기고 창자가 터지고 눈알이 뽑혀 먹히는 그 죽음의 해체식만은 피하고 싶었다.

─여기는 천당일까 지옥일까, 그 어디일까.

신낙엽군은 태어난 후로 난생처음 덜덜덜 떨지 않고 잠을 잤다. 신낙엽군이 덜덜덜 떨지 않아도 여과기가 덩덩덩 캉캉캉 제대로 떨어주었으므로 신낙엽군은 마치 자신이 떨고 있는 것처럼 자연스러운 진동을 느끼며 죽음의 잠 속으로 빠져들었고, 여과기의 떨리는 리듬을 자장가 삼아 달고 단 잠을 자고 깨어났다. 신낙엽군은 순간 깨달았다.

─이제는 내가 떨지 않아도 되는구나, 나 대신 귀신 파도님이 떨어주는구나.

주인이 아침 먹이를 살포하기 시작했다. 저 먹이를 한 알이라도 먹어 치우려면 가능한 재빨리 여과기 지역에서 탈출해야 한다. 바늘구멍을 수십 개로 토막 쳐서 만든 것 같은 먹이는 너무 작고 가벼워서 여과기 물살에 휩쓸리면 흔적도 없이 여과기 스펀지 구멍 속으로 흡수되어 버리기 때문에 재빨리 여과기 지역 밖으로 뛰쳐나가서 먹이를 낚아채야 한다. 신낙엽군은 급하게 꼬리를 가동시켰다. 여과기 몸체를 박차는 순간, 꼬리와 몸통이 어제처럼 덜덜덜 떨리기는 했지만 훨씬 박력 있게 떨렸고 박력 있게 물살을 나아갔다. 힘센 동료들 틈에 끼어들어 득달같이 먹이를 낚아챌 수 있었다. 두 개, 세 개, 신낙엽군이 태어나서 처음으로 가장 많은 먹이를 획득한 날이었다. 평소에 비해 딱 한 개 더 먹었을 뿐인데 신낙엽군은 날아갈 것처럼 몸이 건강해짐을 느꼈다. 덜덜덜 떨림은 그대로여도 어항 속 세상은 어제 같지가 않다는 것도 느낄 수 있었다. 어항 구석 분위기도 바뀌었다. 어제까지만 해도 힘센 동료들 눈치를 보며 금방 구석에서 후퇴해야 했는데, 오늘은 아니다. 비켜. 그 기세를 몰아 신낙엽군은 힘센 동료 꼬리를 톡, 입질하기까지 했다. 힘센 동료가 등지느러미까지 또

르르 말아 기겁한 채 구석에서 튕겨 나갔다. 신낙엽군은 난생처음 어항 구석에서 하품을 하며 아침 쪽잠을 청했다. 하지만 하품이 채 가시기도 전에 쫓겨나야 했다. 입질 당했던 힘센 동료가 등지느러미를 상어처럼 곤추세우고 다른 힘센 동료들과 합공으로 신낙엽군에게 입질을 시작한 것이다. 신낙엽군은 어제보다는 훨씬 빨리 도망쳤다.

─벌벌벌 떨렝이 주제에 내 자릴 넘봐?

─이참에 그 납작한 배를 아주 작살내 주지!

신낙엽군은 그들 말을 들을 새도 없었다. 어제 죽음의 잠을 잤던 여과기 틈 위로 날래게 도망쳤다. 동료들이 너도나도 귀신 파도 직전에서 끼긱, 뚝, 멈추었다. 저마다 삼지창처럼 드세운 등지느러미를 사정없이 흔들어댔다. 주먹질을 해댔다.

─스스로 무덤 속으로 기어들어 가네?

─떨렝아, 다신 우리들 앞에 나타나지 마라, 알아들었냐?

신낙엽군은 여과기 틈 위에서 아가미를 숨차게 벌렁벌렁거렸다. 질질질 끌리는 꼬리를 여과기 몸통 위에 돗자리 널듯 냅다 놓아버렸다. 꼬리를 여과기 위에 온전히 내려놓자 허리가 가벼워졌고, 꼬리에서부터 시작되는 배가 찢어지는 통증에서 해방되었고, 양쪽 가슴지느러미들이 경직에서 풀려났고, 머리는 안경알을 닦은 듯 상큼해졌으며, 온몸의 긴장이 늘어졌다. 신낙엽군은 덜덜덜 떨리는 온몸을 당당당 캉캉캉 떨리는 여과기 틈 위에 엎어 놓고 여과기 떨림에 온몸을 내맡겼다. 쉽지 않았다. 어제저녁에는 죽기 직전이라 여과기 떨림이 어떤 맛인지 제대로 감지할 수 없었지만 지금은 아니었다. 맨정신으로 여과기 떨림을 마주하기는 지옥이었다. 온몸 비늘이 하나씩 뜯겨나가는 아픔이었고, 온몸 세포들이 하나씩 전기 꼬챙이에 찔리는 고통이었고, 태어날 때부터 유전적으로 물려받은 구피로서의 본능마저 전기 찜질기에 푹 고아지는 혼돈이었다. 하지만, 신낙엽군은 참았다. 견뎠다. 버텼다. 더는 후퇴할 곳도 없었으므로 죽거나, 살거나, 둘 중 하나를 오롯이 감내했다. 마침내 유전자를 굽고 튀기고 채 터는 급의 시련과 가공할 떨림의 희롱을 넘어서자, 어제저녁 온몸을 릴렉스시키고 온몸을 귀신 파도에 내맡기던 순간 느낌이 왔다. 이거로구나. 신낙엽군은 깨달았다.

─온몸을 내려놓아야 하는구나. 온 마음을 내놓아야 하는구나. 내 운명을 걸어야 하는구나.

신낙엽군은 저절로 눈이 감겼다. 어제저녁처럼 죽음의 그 잠이 다가오고 있었다. 나에게도 이런 단잠의 순간이 기어코 오는구나, 감사합니… 신낙엽군은 귀신 파도에게 감사 기도를 하다 말고 코를 골았다. 신낙엽군 몸통이 마지막 낙엽 이미지처럼 하릴없이 자꾸 옆으로 말렸다. 숨넘어가기 직전 그 구피들처럼 배까지 뒤집히려 했다. 그때마다 신낙엽군은 눈을 반짝 뜨며 몸이 더 이상 뒤집어 지지 않게 단도리했다. 신낙엽군은 순간순간 죽음의 잠을 즐겼다.

―너가 그 떨렝이냣?

신낙엽군은 몸이 다시 뒤집히려는 순간 번뜩 눈을 떴다. 귀신 파도 목소리를 들은 것 같았다. 그럼에도 신낙엽군은 다시 눈을 감아야 했다. 그래야 했다. 죽음보다 깊은 잠, 딱 한 알 더 넉넉한 아침 식사, 그것만으로도 신낙엽군은 새로운 생을 맞이할 것 같은 기적을 맛보았다. 하루가 달라졌다. 하루씩만 달라져도 인생이 달라질 것이다. 신낙엽군은 확신했다. 죽음보다 깊은 잠을 자고 난 뒤 내일은 오늘 아침보다는 한 알만 더 많이, 먹이를 낚아채 먹으리라. 신낙엽군이 꿈속에서 윰윰윰 쩍쩍쩝쩝 입맛을 다시고 있을 때였다. 신낙엽군 머리 위에서 커다란 목청이 떨어졌다.

―얏! 이눔앗!

―누구세요?

신낙엽군은 반쯤 감긴 눈으로 목청을 향해 기원했다. 귀신 파도님, 이제 그만 놀려요, 이제 나는 귀신 파도님의 진동을 다 알아요, 귀신 파도님이 당당당 떨면 나는 덜덜덜 떨면서 리듬을 맞추고, 캉캉캉 떨면 갈갈갈 떨면서 리듬 맞추면 된다는 것도 깨달았어요, 힘들었지만 이제는 귀신 파도님 마음도 알 것도 같아요, 나 혼자 단잠 자니까 샘나시는 거죠? 하지만 이제 그만 좀 놀리세요, 나도 잠 좀 편히 자게요, 부디요, 그래서 내일 먹이를 한 알만 더 먹을 수 있다면 귀신 파도님의 당당당 떨림도 조금은 덜 힘들게 견뎌낼 거니까요. 신낙엽군은 잠결에도 열심히 기도했다. 귀신 파도는 분명 마음 넉넉한 신일 테니까.

 −얏, 떨렝이! 이 등신, 안 일어낫?

 신낙엽군은 등줄기가 뜯기는 고통에 반토막 난 멸치처럼 터엉 튕겨 일어났다. 갑자기 튕겨 일어나는 바람에 덜덜덜 떨리던 몸이 순간 딱 멈추었다. 신낙엽군은 낭창낭창 흔들리다 벼락 맞은 마지막 낙엽처럼 눈 초점도 제대로 맞출 수가 없었다. 거기 그가 있었다.

 −앗, 킹왕짱님?

 킹왕짱은 어항 속에서 가장 힘이 세고 덩치 크고 멋진 수컷 구피다. 주인이 가장 예뻐하는 동료다. 주인은 매일 킹왕짱을 위해서 따로 먹이를 열 알씩이나 더 투하해 주었다. 동료들이 아무리 빨리 보너스 먹이를 쫓아 달려가도 소용없었다. 킹왕짱은 덩치가 큰 만큼 입도 컸다. 신낙엽군 입 크기 열 배에 달했다. 킹왕짱이 입을 쫘악 벌린 채 물 위를 한 번 주욱 훑으면 열 알 먹이는 정확히 킹왕짱 입속으로 빨려 들어갔다. 어떤 먹이는 막 어항 물에 닿기도 전에 딸려 들어갔다. 킹왕짱은 나날이 몸집이 커졌으며 주인은 킹왕짱에게 '잉어'라는 애칭까지 붙여주었다.

 −그래, 나다. 킹왕짱!

 신낙엽군은 전보다 더 심하게 덜덜덜 몸을 떨기 시작했다. 신낙엽군은 재빨리 주변을 살폈다. 이상하다, 여긴 분명 여과기 틈

위인데, 귀신 파도님이 계시는 검은 물속인데, 그런데 어떻게 킹왕짱이 여기까지 들어왔을까. 신낙엽군 질문에 답하듯 킹왕짱이 껄껄껄 잉어급 꼬리를 흔들었다.

−어떻게 들어오긴? 이 잉어 지느러미로 헤엄쳐 들어왔지?

킹왕짱이 신낙엽군을 다 덮을 듯한 커다란 꼬리와 거대한 지느러미와 잉어급 몸통을 구불구불거리며 신낙엽군 위아래로 묵직하게 움직였다. 킹왕짱 위세에 여과기조차 반토막 신세처럼 보였다. 신낙엽군은 여과기 몸통 위에 납작 엎드렸다. 호떡 누르개에 눌린 밀가루 반죽처럼 완벽히 몸뚱이를 붙여 깔았다. 절대 안 떨어질 거야. 기다렸다는 듯 킹왕짱이 신낙엽군 등줄기를 냅다 쿡 찍었다.

−악!

킹왕짱이 식인상어 액션처럼 뒤돌기를 한 후 신낙엽군 등줄기를 향해 섞 날아왔다. 신낙엽군은 질질질 꼬리를 끌며 도망쳤다. 어쩌면 꼬리가 찢겨나갔을지도 몰랐지만 아픔을 느낄 새도 없었다. 신낙엽군은 어항 구석으로 도망쳤다. 어항 구석에서 힘센 동료들이 더글더글 뭉쳐 클클클 웃고 있었다.

−어서 와라, 떨렝이.

신낙엽군은 급히 몸을 틀었다. 덜덜덜 떨리던 몸이 더욱 떨렸고, 질질질 끌리던 꼬리는 동료들에게 짓밟히거나 입질 당하기 직전이었다. 여기서 물리면 끝장이다. 신낙엽군은 죽을힘을 다해 헤엄쳤다. 이번에도 도망칠 곳은 그곳뿐이었다.

─어서왓, 떨렝이.

킹왕짱은 아직 거기 있었다. 킹왕짱은 여과기 틈 위에 배를 깔고 엎드려 눈을 반쯤 감은 자세였다. 안마 침대에 누운 듯 킹왕짱이 하품을 길게 뽑으며 말했다.

─너는 아는데 나는 모르는 게 세상에 있을 줄 알았냣? 떨렝이 같은 놈.

이게 어찌된 일입니까, 귀신 파도님. 신낙엽군은 더는 기도 문장을 읊을 수가 없었다. 킹왕짱이 부연 설명을 하고 있었다. 난 그때 이후로 네 놈을 열심히 관찰했지, 우리들도 감히 접근 못 하는 귀신 파도 지역에 유독 너만 들어갈 수 있는 이유가 뭘까, 그리고 난 번뜩 알았지, 같이 떨면 된다는 걸, 덩덩덩 캉캉캉 귀신 파도와 같이 리듬을 타면 된다는 걸, 니 몸뚱이가 그렇게 떨리고 있더란 말이지, 하핫. 신낙엽군은 기절할 것 같았다. 어떻게, 어떻게, 내가 목숨 걸고 알아낸 방법이 한방에 뾰록날 수가 있단 말인가, 귀신 파도님이 날 배신할 수 있단 말인가.

"킹왕짱, 오늘도 거기서 노냐? 신낙엽군은 어쩌라고?"

신낙엽군은 덜덜덜덜 더 심하게 몸을 떨며 목소리를 올려다보았다. 그나마 유일하게 정상이었던 꼬리마저 이미 킹왕짱 입질에 세 갈래로 찢겨 있었다. 주인의 대접만 한 눈이 어항 속을 들여다보고 있었다. 신낙엽군은 귀신 파도님을 팽개치고 주인의 대접눈에 매달렸다.

―주인님, 킹왕짱 좀 말려주세요, 저 좀 살려주세요.

신낙엽군은 간절하게, 간절하게, 몸을 떨었다. 찢어진 꼬리까지 동원하여 애원했다. 부디 부디 제 기도를 저버리지 말아 주세요, 주인님. 주인은 킹왕짱에게 성의 없는 손하트를 날린 뒤 사라져 가 버렸다. 주인님의 저 대접눈은 그냥 대접인 거야? 눈이 아니고? 이제 저녁먹이를 살포할 때까지 주인은 돌아오지 않는다. 신낙엽군은 한 눈으로는 주인의 그림자를, 한 눈으로는 킹왕짱을 보며 기도 같은 생각을 쥐어짰다. 눈이 두 개인 덕분에 죽지는 않을지도 몰라, 죽지만 않는다면 포기하지도 말자. 신낙엽군은 여과기 틈을 포기하지 않았다. 여과기 틈을 접수한 킹왕짱이 신낙엽군에게 입질을 시도하려 들면 잽싸게 몸을 피하는 척하면서, 여과기 틈 범위에서 매달렸다 떨어져 나갔다를 반복했다. 킹왕짱이 공포의 뒤돌아 자세를 취하면 신낙엽군은 여과기 틈 마지막 1밀리 구역에 입술만 달랑달랑 걸친 채 떨어질 듯 말 듯 버텼다. 신낙엽군은 알고 있었다. 어떻게든 킹왕짱 마음이 바뀔 때까지 버텨야만 한다는 것을. 킹왕짱은 여과기 틈 말고도 차지하고 놀만한 공간이 허다했다. 저 구석 이 구석이 죄다 킹왕짱 바운더리였다. 이 장난이 지겨워지면 당장 매력적인 저 구석으로 돌아갈 거야, 틀림없이. 킹왕짱은 입질 공격과 뒤돌아 자세를 번갈아 취하면서 신낙엽군이 여과기 틈 마지막 1밀리에 달랑달랑 입술만 걸치고 버둥대는 모습을 빙글빙글 구경했다.

"킹왕짱, 아직도 거기서 노냐? 신낙엽군은 아직도 매달려 있고?"

일주일이 지나도 한 달이 지나도 킹왕짱은 마음을 바꾸지 않았다. 킹왕짱은 신낙엽군이 지쳐서, 지쳐서, 그 입술마저 여과기 틈을 벗어나 귀신 파도 물살에 휩쓸려 팔랑팔랑 마지막 낙엽처럼 뒤집히고 내둘리다가 아가미 움직임을 멈추기 직전까지만 빈틈없이 즐기다가, 느닷없이 동료들 틈으로 휘익 돌아가 노래하고 춤추고 축구하며 완벽하게 이중생활을 즐겼다. 주인이 챙겨주는 열 알 보너스 먹이도 빠짐없이 챙겨 먹었다. 킹왕짱은 처음 여과기 틈을 치고 들어올 때보다 더 커졌고 더 힘이 세졌으며 더 잉어다워졌다. 킹왕짱은 막 새로 사귄 여자 친구를 여과기 틈 위로 모셔 와 입술만 매달려 있는 신낙엽군 앞에서 찐한 애정 행각을 벌이기도 했다. 킹왕짱은 그 덩치에 온몸을 반달처럼 구부려 꼬리와 머리까지 부드드드 와다다다 진저리 치듯 진동시키는 그 유명한 수컷 구애춤도 수시로 선보였다. 신낙엽군도 수컷이지만 뱃살이 납작한 기형인 바람에 생식 능력이 없다. 신낙엽군은 평생 총 한 번 써먹어 보지 못했으며 여자 친구 한 번 사귀어본 적이 없다. 신낙엽군은 여과기 틈 1밀리에 입술만 걸친 채 수직으로 매달려 벌벌벌 몸을 떨며 생각했다. 여자 친구와 데이트하는 느낌은 어떨까, 여자 친구와 키스하는 느낌은 어떨까. 신낙엽군은 그 와중에도 유전적인 본능에만 충실한 상상이 어이없었다.

미쳤군, 드디어 죽을 때가 되었군, 구애춤 한 번이면 이 떨림마저 완전히 멈추고 말 것을.

더는 버틸 수가 없었다. 주둥이마저 미끄러지면 끝이었다. 동료들이 달려들어 입질을 시작할 것이고 아직 킹왕짱을 보고 있는 왼쪽 눈알이 먹힐 것이며, 주인의 대접눈에 매달리고 있는 오른쪽 눈알까지 먹힐 것이다. 납작하기는 하지만 보들보들 맛난 창자를 가두고 있는 뱃살이 먹힐 것이며, 질질질 끌고 다니면서도 필사적으로 온전히 보관하고자 염원했던, 연애도 못 하고 매력 발산도 못 한 채 하릴없이 아름답고 커다랗던 꼬리마저 뜯겨나갈 것이다.

그 나날 중에 신낙엽군은 킹왕짱이 여자 친구에게 한눈을 파는 사이 여과기 틈 안으로 약 0.01밀리 더 진격해 올라갔다. 결과 0.01밀리 정도 몸이 덜 고되었으며 0.01밀리 정도 정신마저 맑아지는 것 같았다. 더 살기 위해서는 반드시 여과기 틈 위로 온전히 몸을 밀어 올려야 한다. 마침내 여과기 틈 위로 0.02밀리 몸을 더 밀어 올리는 순간 축구를 하던 킹왕짱이 식인 상어처럼 여과기 존으로 씽 날아들었다. 킹왕짱이 데리고 들이닥친 거대한 물살이 신낙엽군을 팔랑, 떨어뜨렸다.

"킹왕짱, 드디어 신낙엽군을 내쫓은 거야? 끝짱을 낸 거야?"

주인이 손하트 대신 촌평을 날렸다.

"신낙엽군, 너무 쉽게 포기하는 거 아냐? 쫌만 더 버텨 보시지?"

나는 쥐입니다. 나는 호흡기과 실험쥐입니다. 나는 이 방에서 1년째 살고 있습니다.
"운이 좋은 녀석이군."
좀 전에 내 방 관리인이 다녀갔습니다. 아침마다 내 똥과 오줌 범벅인 베딩을 갈아주고 깨끗한 물과 신선한 식사를 리필해 주는 인간입니다. 그나마 이 방에 드나드는 인간 중 가장 날 덜 괴롭히는 인간이지만, 관리인은 좀 멍청합니다. 운이 좋은 녀석이라니. 너무도 부당한 표현이자, 모욕적인 말이 아닐 수 없습니다.

나는 노력했습니다. 오늘이 있기까지 눈물겨운 사연투성입니다.
원래 우리는 삼 형제였습니다. 나는 '주변 환경이 천식 유발과 진행에 미치는 증후군을 관찰하기 위한 실험군1'의 용도로 구입된 실험쥐였습니다. 매번 느끼지만 연구 프로젝트 이름은 왜 이리도 길고 어렵고 헷갈리는 것인지요. 콩알만 한 뇌를 가진 우리들로선 쉽게 외우고 기억하기 힘든 이름입니다. 나는 앞 단어들을 떼어버리고 스스로를 1번이라 칭하고 있습니다. 역시 둘째는 2번, 셋째는 3번 식으로 부르고요.

나는 '천식 환자의 감정 기복과 천식 유발 경로를 관찰하기 위한 뇌 실험군2'란 이름의 둘째가 제일 웃겼습니다. 둘째는 하루에 두 번씩 아침저녁으로 간지럽힘을 당했습니다. 하얀 가운을 입고 노란 수술용 장갑을 낀 인간을 우리는 연구원이라 부릅니다. 연구원들이 우리가 거주하는 방인 동물실험실 쥐방으로 들어오면 우리는 차례로 잡혀 나갑니다. 실험 내용에 따라 누구는 주삿바늘에 찔리고, 누구는 꼬리 끝에서 피를 뽑히고, 누구는 마취통에서 신물을 토하는데, 둘째는 간지럼을 타기 시작하는 것입니다. 이쑤시개 같은 걸로 둘째 발바닥을 콕콕 찔러대는가 하면, 어떤 때는 물리치료실에서 빌려온 듯한 전극판 위에 올려놓기도 합니다. 전극판 위에서 둘째는 웃는 건지 우는 건지, 찍찍, 쨱쨱, 자지러집니다. 거꾸로 뒤집힌 벌레가 다시 뒤집히기 위해 안간힘 쓰는 모습을 상상하면 비슷할 겁니다. 버둥버둥 허공을 긁어대는 모양이 하도 웃프게 엽기적이어서 우리들은 손뼉 치고 발을 구르며 뒤집어집니다.

"하하하, 무지 웃기는 놈이네?"

둘째는 개그맨 소질이 다분해 보였습니다. 엄숙하기 이를 데 없는 표정의 연구원들까지 웃겼으니까요.

"간지럼과 천식이 연관이 있긴 있는 거야?"

"얼마나 자극을 주면 죽을까?"

"새로운 아이디어라도 떠오른 거야?"

"가령 '전기 자극에 따른 천식 쥐의 반응 체계와 죽음에 이르는 경로' 또는 '간지럼 자극에 따른 천식 쥐의 반응 체계와 죽음에 이르는 경로' 같은 프로젝트 제목은 어때?"

"잘하면 『네이처』 감인걸?"

연구원들의 대화가 이어지는 동안 둘째는 버지럭거림을 멈추고 조용해집니다. 키들대던 우리는 멀뚱 서로 얼굴을 쳐다봅니다. 노란 장갑 낀 연구원들은 둘째를 우리에게 돌려줍니다. 우리는 둘째에게 달려듭니다. 둘째를 발로 차고 핥고 간질여 깨웁니다. 우리는 정말 궁금했습니다. 기절할 정도의 간지러움은 대체 어떤 걸까요. 그때 기분은 대체 어떤 걸까요. 둘째는 웃었다기보다는 오래오래 운 아이처럼 눈자위가 잔뜩 충혈되어 있었습니다. 하지만, 우리 질문엔 고개만 저었습니다. 직접 당해 봐, 직접 당해 보기 전에는 어떤 웃음도 느낌도 이해 불가능해. 둘째는 한 번 케이지를 나갔다 올 때마다 그 말의 깊이가 달라져 있었습니다. 행간도 넓어지고 구석구석 나뭇가지도 무성히 자라나서 제 길이 보이지 않을 때가 더 많아졌습니다. 둘째는 실험이 계속될수록 변해갔습니다. 우리 형제 중 제일 다정다감하고 맘 씀씀이 넓고 낙천적이던 둘째가 깡패처럼 변해갔습니다. 툭하면 우리를 걷어차고 물어뜯고 등짝에 올라타서 짓누르길 일삼더니, 마침내 노란 장갑을 물어뜯고 탈출하고 말았습니다.

그때 나는 너무 놀라 비명도 지를 수 없었습니다. 황급히 두 손으로 두 눈을 가렸을 뿐입니다. 이 동물실험실에 입방했을 때, 둘째에게 미리 말해주지 않은 주의 사항이 있다는 걸 그제야 깨달은 것입니다. 그러나 이미 늦었습니다. 케이지 벽에 머리를 짓찧으며 후회하고 후회해도 소용없었습니다. 그 순간부터 우리 뇌리마다에는 저마다의 엇갈리는 삶과 죽음이 감지되고 있었습니다.

실험은 계속되었습니다. 실험쥐가 한 마리 도망치거나 없어지거나 죽어 나간다고 해서 동물실험실 쥐방 풍경이 바뀌는 것은 아니니까요. 셋째는 '천식 환자의 조직 스트레스가 합병증에 미치는 영향을 비교 연구하기 위한 실험군3'에 사용 중이었는데, 천식과 합병증의 유발 메커니즘을 규명하기 위한 실험이 진행 중이었습니다. 천식 원인은 너무도 다양합니다. 그중 하나가 스트레스임은 확실한데 그 원인과 결과를 밝혀줄 기전을 정확히 입증하지는 못한 상탭니다. 실험쥐 신체 장기는 인간들만큼 복잡합니다. 천식이 쥐의 모든 장기에 미치는 영향을 완벽하게 연구하고 밝히자면 1백 년 넘는 세월이 소모될지도 모릅니다. 영리한 연구원들은 셋째의 위를 선택해 천식과 스트레스와 위 조직 반응 변화 기전을 살피고자 했습니다. 인간이나 실험쥐나 스트레스에 가장 과민 반응하는 기관 중 하나가 위입니다. 심한 스트레스로 위가 구멍 나서 죽은 실험쥐도 허다합니다.

연구원들은 셋째에게 스트레스를 준답시고 화를 돋구기 시작했습니다. 밥 주다 말고 뺏기, 물주다 말고 뺏기, 잠재우다 말고 깨우기, 간지럼 실험 덕에 섬뜩한 캐릭터로 변신해 버린 둘째와 단둘이만 동침시키기, 메타볼릭케이지(metabolic cage)에 넣었다 빼기 등등. 둘째는 깡패처럼 변해가면서 셋째를 집중적으로 괴롭혔고, 둘은 소문난 앙숙이었습니다. 메타볼릭케이지는 오줌받기용 실험 기구인데 독방처럼 비좁은 데다 실험 종료 직전에 넣어지므로 메타볼릭케이지에 들어간다는 것은 곧 죽음이 닥쳐온다는 뜻입니다. 셋째는 급기야 위액을 토하기 시작했고, 연구원들은 신나라 손뼉을 쳤습니다. 급작스런 천식 발작이 뒤따랐고, 쌕쌕거리는 숨소리가 목구멍을 치댔고, 질식할 것 같은 공포가 엄습했습니다.

셋째는 연구원의 맨손을 핥기 시작했습니다. 제발, 그만 해요, 제발, 나는 기침하고 싶지 않아요, 제발, 제발, 나를 더 이상 화나게 하지 말아요. 손을 핥던 셋째는 그만 연구원 손에 토를 하고 말았습니다. 셋째는 내동댕이쳐졌습니다. 셋째의 의도는 뻔했습니다. 동정심을 유발하여 실험을 멈추게 할 생각이던 것입니다.

동정심은 목숨마저 연장시킬 수 있습니다. 버려진, 병든, 장애 유기견들만 거두어 사는 유기견 지킴이 같은 인간을 만나면 천수를 누릴 수도 있습니다. 하지만 실험쥐 자존심이 있지, 어떻게 개 흉내를 낸단 말입니까. 손을 빨아준다고 도중에 실험 용도가 변경되거나 연구를 중단하지 않을 게 뻔한데 말입니다. 나는 속이 부글거렸습니다. 내 저놈을 당장! 셋째의 비굴한 생존 수단에 분노가 치밀었지만, 그렇다고 따로 경고 주거나 조치를 취할 수도 없었습니다. 하나의 생명체와 연계되어 벌어지는 자연적이고도 인위적인 온갖 현상들은 저 혼자 독립적으로 발생하지도 사라지지도 못합니다. 저마다의 생명 현상들은 어떤 식으로든 연결 고리를 이루어 서로의 생과 사에 영향을 미칩니다. 지구상에서 손잡지 않은 생명체는 없습니다. 셋째가 실험 도중에 죽어 나가면 당연히 천식이란 지병을 가진 쥐가 각각의 조건과 상황에 어떻게 반응하고 적응하는가를 알아보기 위한 인과 관계인 우리 형제도 동시에 실험이 폐기되는 초유의 사태가 벌어질지 모릅니다.

"이놈 봐라? 자꾸 앵기네?"

"정 안 붙이는 게 상책이다."

"혹시 '실험동물이 연구원에게 애정을 느낄 때의 천식 진행 상황과 생리 현상'은 어떻게 나타날까?"

셋째의 이상야릇한 행동은 연구원들의 또 다른 호기심을 부추겼습니다. 원래 실험 목적 외에, 부가적인 현상과 결과들이 발견되면 연구원들은 보너스를 받게 됩니다. 지도 교수들은 지난 추석 때 들어와 구석에 먼지 쌓였던 참치캔 세트 따위를 안기며, 아주 실험을 잘하는구나, 어깨를 토닥여 줍니다. 지도 교수들은 '칭찬' 같은 인센티브를 제공함으로써 연구원들 사이에 질투심과 경쟁심을 불어넣곤 합니다. 하지만, 반대 경우도 허다했습니다.

작년 겨울, 마취과 연구원 한 명이 실험하던 쥐를 놓쳤습니다. 오랜 기간 실험쥐와 동고동락했음에도 쥐에 대한 근본적인 무서움을 떨쳐 버리지 못한 자그마한 여자 연구원이었습니다. 도망쳤다 잡히면 '갈가리 찢겨 죽는 참형'으로 응징당함을 익히 알던 마취과 놈은 필사적으로 도망쳤습니다. 그녀는 쥐방 바닥에 주저앉아 대성통곡했습니다. 여자는 너무 슬퍼 보였고 나는 덩달아 마취과 놈이 미워졌습니다. 이 동물실험실에서 가장 열심히, 가장 치열하게 연구에 연구를 일삼던 사람은 바로 그녀였습니다. 하지만 결과가 참담했는데 부단히 노력했던 지난 세월이며 과정이 다 무슨 소용이겠습니까.

도망친 마취과 놈은 지금도 동물실험실 쥐방 천장에 숨어 살고 있습니다. 동물실험실과 쥐방만 알고 살아온 실험쥐들은 멀리 도망가지도 못합니다. 가끔 마취과 놈이 바깥세상 소식과 소문을 물어다 주는 바람에 나는 훨씬 덜 지루했고 상식도 넓어졌습니다. 나는 마취과 놈에 대해 함구하기로 작정했습니다. 요즘도 관리인은 쥐방 바닥을 비질하다가 투덜댑니다. 대체 이놈의 스티로폼 가루가 어디서 떨어지는 거야! 관리인은 눈을 가늘게 뜨고 이리저리 쥐방 천장을 살피기까지 합니다. 이러다 지붕 무너지는 거 아냐? 하지만 작년 겨울에 도망친 마취과 놈이 쥐방 천장에 숨어 산다는 건 상상도 못 할 것입니다. 나는 관리인보다 먼저 쥐방에 들어왔고, 쥐방의 역사를 누구보다도 잘 압니다. 쥐방이 철판과 스티로폼을 이용하여 지은 가건물이란 것도, 그래서 화재와 재난에 무방비란 것도, 올해도 변함없이 여름 폭염과 겨울 한파에 시달려야 한다는 것도, 나만 아는 사실입니다.

수석 연구원은 셋째의 위는 물론 온몸 피와 심장까지 적출하라고 지시했습니다. 셋째의 실험 담당은 너무 할일이 많아진다며 입을 비죽였지만, 서열의 명분 앞에서는 어림없었죠. 우리도 마찬가집니다. 관리인이 실험 케이지의 오염된 베딩을 갈고 나면 우리 사이에선 한바탕 혈투가 벌어집니다. 뽀송뽀송한 새로운 나무 톱밥, 멸균 처리된 새로운 케이지, 새로운 사료 앞에서 우리는 날이면 날마다 새 자리다툼을 시작합니다. 기를 쓰고 서열을 정합니다. 왼쪽 구석은 내 화장실, 오른쪽 구석은 둘째 잠자리, 식으로 말이죠. 물통으로부터 45도 각도로 비켜난 위쪽 구석은 가장 좋은 명당 자리입니다. 케이지 통에 거꾸로 처박힌 낡고 오래된 물통은 우리가 조금만 움직여도 고장 난 수도꼭지처럼 똑똑 물방울을 떨굽니다. 자리다툼에 밀려 물통 바로 아래 잠자리를 정하게 되면 내내 물방울 세례를 각오해야 합니다. 관리인도 연구원도, 넌 여기서 자고 넌 여기서 오줌 싸, 라고 명할 수 없습니다. 여차하면 쥐방 모든 생명체 중 가장 원로인 나조차 물통 아래로 내몰리기 십상입니다. 비 새는 집의 처량함을 아는지요. 나는 다음 날 새 케이지로 옮겨질 때 비장의 일격을 가하리라 작심하고 뜬눈으로 밤을 지샙니다. 새 자리 확보를 위해 둘째 엉덩이를 물어 뜯기도 합니다. 서로 묵인하에 집단으로 밟아 죽이기도 합니다. 힘의 서열은 먹는 서열이 되고 물을 마시는 서열이 되면서 동시에 포근하게 잠들 수 있는 서열도 됩니다. 내가 먹이를 먹고 나면 둘째가 먹고, 내가 물 마시고 나면 둘째가 마시고, 내가 잠들면 그제야 둘째가 잠드는 식입니다.

셋째는 위가 잘려 나가기 직전, 십자가의 예수처럼 네 개 손바닥 발바닥에 압정이 꽂힌 채 온몸 피를 강탈당했습니다. 담당 연구원은 막바로 펄떡이는 셋째 심장에 주삿바늘을 쑤신 채 마지막 한 방울까지 피를 뽑았습니다. 셋째는 실험쥐가 연구원에게 애정을 느끼게 되면 혈액 속에 어떤 새로운 물질이 발현되나를 증명하기 위한 실험에도 활용된 셈입니다. 차라리 생체 해부가 낫지, 산 채로 남김없이 피를 뽑힌 셋째는 오래오래 물에 담가두었다가 뺀 고깃덩어리처럼 네 색도 내 색도 아닌 정체불명 묘한 살덩어리로 변해버렸습니다. 인간에게 동정심을 구걸하던 셋째는 실험쥐답지 않은 비굴한 행동으로 인해 온몸 피가 거덜 난 채 죽어 나갔습니다.

이런, 둘째의 탈출을 진술하다 여기까지 이야기가 샜군요. 나는 쥐입니다. 쥐의 뇌는 콩알만 합니다. 우리는 인간에 비해 기억력이 짧습니다. 그럼에도 둘째 죽음은 도무지 잊히지 않습니다. 부여된 실험 역할을 거부하고 도망쳐 버린, 쓸데없이 용감한 실험쥐는 이유 여하를 막론하고 처절한 응징이 내려집니다. 실험쥐의 세포 하나, 오줌 한 방울, 피 한 방울에 목숨 거는 연구원들이 어디서 무슨 짓거리를 하고 돌아다녔을지 모를 도망쥐를 믿지 못하는 건 당연합니다. 나는 둘째에게 참으라고, 무조건 참지 않으면 죽음이라고, 실험쥐다운 대처 요령을 숙지시키지 못한 걸 후회하며 머리털을 쥐어뜯고 있었습니다.

둘째의 탈출로 인하여 동물실험실이 발칵 뒤집혔습니다. 창이란 창, 문이란 문, 틈이란 틈은 모두 폐쇄되었고, 연구소 모든 인력이 둘째 생포 작전에 동원되었습니다. 연구소 소장만 빼고, 당직 교수진들과 포닥, 연구원들, 관리인, 연구소 수위와 주차 요원까지 동원되어 법석을 떨었습니다. 구석마다 막대기로 쑤시고 구멍마다 독한 마취제를 스프레이했습니다. 최악의 경우 생포 못하면 사살해서라도 잡아야 하니까요. 연구소에서 실험동물을 놓치면 인간 사회에 일대 혼란이 일어납니다. 인간들은 단순합니다. 햄스터보다 작은 실험쥐 한 마리 때문에 과도한 공포에 떱니다. 일각에서는 실험쥐 탈출과 관련한 사회 변이 현상과 그 후유증을 모색하기 위한 전국 순회토론회를 개최할 것이며, 심야 토론이다, 백분 토론이다, 지극히 뻔한 말씨름을 시작할 것입니다. 여론을 부추겨 전국적인 쥐잡기 운동을 벌일 것입니다. 둘째는 결국 잡혀 들겠지요. 둘째는 '탈출'이라는 죄목 외에도 여러 실험동물을 대신하여 이런저런 묵은 죄를 뒤집어쓴 채 마녀사냥의 희생물이 될 것입니다. 인간들은 이 세상 모든 쥐는 때려잡아야 한다고 분노할 것입니다. 쥐도 어엿한 생명체고, 당연히 쥐의 생을 누릴 권리가 있다고 주장하는 '쥐격수호단체'와의 충돌도 있을 것입니다. 반대 여론에 불안해진 쪽은 광장으로 뛰쳐나갈지도 모릅니다. 손에 손에 목소리를 받쳐 들고 살생을 공론화하기 위해 아우성치겠지요.

나는 둘째에게 당부하고 싶었습니다. 어차피 죽게 된 마당에 당당하고 품위 있게 죽어가라고. 그러기 위해서라도 둘째는 한 발짝도 쥐방 밖으로 나가서는 안 되는 것입니다. 더 이상 인간을 약 올리지 말고 어서어서 잡혀 주어야만 합니다. 전국적인 쥐잡기 운동이 전개되기 전에, 우리의 최소한 쥐격이 송두리째 짓밟히기 전에 말입니다. 나는 최선을 다해 둘째를 설득했습니다. 더이상 말썽 피우지 말고 순순히 잡혀 다오, 우리는 너의 희생과 도망 정신을 결코 잊지 않을 것이다, 찍찍, 제발 실험쥐답게 죽어 다오, 찍찍…! 목에 핏줄이 붓도록 외쳤습니다. 소용없었습니다. 이 새낀 왜 또 지랄이야. 반백의 주차 요원이 내 실험 케이지 벽을 쾅쾅 칩니다. 하지만 제까짓 게 성질 피워 봤자지요. 인간이긴 하되 주차 요원은 감히 나를 어찌할 수 없습니다. 나는 더욱 소리 질렀습니다. 둘째야, 찍! 어서 돌아와다오, 찍찍찍! 둘째는 워낙에 다정다감하고 따뜻한 성격 소유자입니다. 인간도 세 살 이전에 인성이 결정되면 평생에 걸쳐 변해봤자 3프로 내외라고 합니다. 인간과 쥐의 유전자는 99퍼센트가 유사하고 80퍼센트가 일치합니다. 인간과 우리는 지극히 닮은 유전자 구조를 가졌습니다. 마침내 내 설득은 먹혀들었습니다. 둘째는 그동안 시련 때문에 잠시 굴절되었던 섬뜩한 캐릭터를 내려놓고 얌전하게 투항했습니다.

"이놈의 쥐새끼! 감히 도망을 쳐?"

무식하면 용감하다더니, 둘째 꼬리를 잡아챈 주차 요원이 냅다 둘째 머리통을 벽에다 후려쳤습니다. 꼬리를 잡고 휙휙 돌려댔습니다. 반백의 주차 요원은 쥐 한 마리 때문에 오전 내내 이리 뛰고 저리 뛴 게 분통 터지는 모양이었습니다. 아저씨, 미쳤어요? 관리인이 잽싸게 둘째를 빼앗았습니다. 둘째는 이미 반죽음 상태였습니다.

둘째는 마취통에 들어가기 직전, 여러 반응 검사와 장기 적출을 위한 문제를 토론하기 위해 아주 잠깐 생이 연장되었습니다.

"뇌 실험이 반복되다 보니 점차 지능이 향상되었던 건 아닐까?"

"뇌 주름이 몇 개나 더 생겼는지도 확인해야겠네?"

"처음부터 뇌 주름 개수를 파악하고 시작해야 하는 건데, 뇌 주름 개수 변화만 밝혀내도 노벨상감인데…!"

"가령 '천식 쥐의 뇌 주름 형성과 발달 과정을 연구하기 위한 비교 실험' 같은 제목으로?"

"다른 것들도 뒤질까? 소가 뒷걸음치다 쥐 잡는다고, 의외 결과가 나올지도 모르잖아?"

"가령, '뇌의 급격한 발달이나 변화에 의한 장기 조직의 산화성 스트레스 강도' 같은?"

"연구란 게 당초 목표한 대로 가는 것만은 아니잖아. 노벨 화학상 받은 샐러리맨 다나카 고이치와도 애초 실패한 실험을 뒤적거리다 대박 터트린 것 아니겠어?"

"그럼, 순전히 운이겠네요?"

그때까지도 제 일터이자 주차장이 있는 지하로 원위치 않던 주차 요원이 끼어들었습니다. 쥐인 내가 생각해 보아도 정말 뜬금없는 참견이었습니다. 둘째를 잡았다는 안도감에 미처 주변 정리할 생각도 못 했던 연구원들은 동시에 입 다물었습니다. 치명적인 에러였습니다. 수석 연구원이 멱살잡이했습니다. 뭡니까? 누가 여기 있으라고 했죠? 주차 요원은 주차 요원 상징인 붉은 넥타이를 붙잡힌 채 캑캑댔습니다. 싸움 구경은 우리 실험쥐나 인간에게나 매한가지 재밌는 광경입니다.

잠시 후, 주차 요원은 연신 식은땀을 훔치며 달아나기 시작했습니다. 도망치는 주차 요원 입에서 간간이 외마디 소리가 샜습니다. 저는, 아무것도, 못 보았습니다, 저는… 아무것도… 못… 남의 비밀을 알게 된다는 건 자폭감입니다. 남의 비밀을 보전하기 위해 하나뿐인 내 목숨을 걸어야 할지도 모르니까요. 주차 요원과의 소동으로 둘째 생은 약 30분 더 연장되었습니다.

"운도 실력인 것도 모르는 주제에 까불고 있어."

연구원들은 저마다 투덜대며 둘째 몸통을 갈랐습니다. 인간을 우롱한 대가는 엄청났습니다. 애초 연구 내용인 '천식 환자의 감정 기복과 천식 유발 경로를 관찰하기 위한 뇌 실험군2' 용도에 따라 뇌가 먼저 적출되었고, 다른 연구원 제안에 따라 기타 장기들도 분해되었습니다. 심장, 콩팥, 창자, 성기, 위, 쓸개와 간, 폐, 눈알, 귀, 심지어 가죽과 털, 손톱 발톱, 혈액까지도 남김없이요. 완벽하게 갈가리 뜯기고 발린, 내 평생 처음 보는 참혹한 죽음이었습니다. 이곳 동물실험실에서 온전한 죽음이란 병들어 죽는 것뿐입니다. 실험 중이던 실험쥐가 알 수 없는 병으로 죽어 나자빠지면 연구원들조차 겁을 집어먹습니다. 관리인을 불러 냉동고에 처박도록 지시할 뿐, 털끝 하나 건드리지 않습니다.

이렇게 우리 형제 중 둘은 실험 완료, 또는 중단되어 냉동고에 폐기되었습니다.

나는 혼자 남게 되었습니다. 나는 이제 죽을 날만 기다리는 처지가 되었습니다. 나는 '주변 환경이 천식 유발과 진행에 미치는 증후군을 관찰하기 위한 실험군1'이었는데, 특이하게 매일 물 주사를 맞아야 했습니다. 물은 모든 병의 근원이자 해결책입니다. 만성 탈수증세를 연구해 온 F. 뱃맨겔리지는 고혈압, 당뇨, 변비, 천식, 소화성궤양, 편두통, 류머티즘, 관절염, 요통, 비만, 뇌중풍 등 모든 질병이 체내 수분 부족 때문에 생겨난다고 결론지었습니다. 비만도 뇌가 갈증을 배고픔으로 인식해 음식을 많이 먹게 하는 바람에 생기는 병이라는 것입니다. 물 예찬론자가 아니더라도 물은 모든 생명의 근원이자 생존 매개체입니다. 모든 생명 현상에는 물이 관계합니다. 화성에서 생명체 흔적을 찾는 첫 작업도 먼저 물 존재를 확인하는 것이었습니다. 나는 기도를 통해, 매일 조석으로 10~60밀리리터 물 주사를 맞았습니다. 물 대사 과정 부작용이 천식을 유발시킨다는 설은 설득력 있어 보였고, 나의 실험은 주목받고 있었습니다.

"얘 좀 봐, 애완용으로 길러도 되겠다."

"쥐를?"

"그 왜 '스튜어트 리틀'에도 쥐가 주인공으로 나오잖아. 합성한 디지털 쥐이긴 하지만."

어느 날 연구원이 상체만 베딩 속에 처박고 은둔 중인 내 엉덩이를 툭 쳤습니다. 내가 죽은 줄 알았던 모양입니다. 나는 머리를 처박은 채로 얼른 꼬리 끝만 살짝 움직여 내가 살아 있음을 증명했습니다. 나는 둘째나 셋째처럼 주어진 실험 역할을 거부하는 대신 더욱 주제 파악하며 살고자 노력했고, 엉덩이를 툭 치는 실험에도 물 흐르듯 자연스럽게 응대해 주었습니다. 지금 저는 최대한 연구원님들의 실험 목적에 부합하는 중입니다, 항복의 깃발을 펄럭이듯이요. 연구원들 말을 엿들은 후로 나는 더더욱 치밀하게 계산적이되, 완벽하게 자연스럽게 행동하고자 각오하였습니다. 내 생각은 적중했습니다.

"호흡기과 실험이 중단된다고요?"

전임 관리인이 묻고 전임 연구원이 대답하고 있었습니다. 현재 내 눈앞에 서 있는 관리인은 호흡기과 실험이 중단된 직후 새로 고용된 관리인입니다.

"교수님 개인 사정에 의해 '천식에 대한 여러 증후군을 관찰하기 위한 실험군1,2,3'은 필요 없게 되었어요."

과연 운도 실력이란 말이 이 경우 적확한 표현일지 모르겠군요. 나의 계산적이고도 자연스런 행동은 운과 정통으로 맞아떨어졌습니다. 그리하여 호흡기과 실험이 무기한 연기된 그 시점으로부터 오늘까지 나는 일 년 넘게 실험 케이지 하나를 독차지한 채 살아오고 있었습니다. 헌데 새로 온 관리인은 나를 보며 자꾸만 이러는 것이었습니다.

"정말 운 좋은 놈이네, 일 년 내내 놀고 먹고 자네?"

그동안 고난투성이 내 역사를 모르는 철없는 표현이 아닐 수 없습니다. 나는 눈을 지그시 감습니다. 실험쥐 삶을 안 살아봤는데 니가 어찌 내 고충을 알겠니. 하루라도 더 산 내가 덜떨어진 관리인 무례를 용납하는 건 당연합니다.

"아, 그렇습니까."

관리인이 고개를 끄덕이고 있습니다. 새로 부임한 정신과 인턴 연구원이 내 케이지 앞에 서 있었습니다.

"개인적으로 '장수와 치매의 역학 관계 메커니즘'을 밝혀 보고 싶어요. 혹시 오래된 여분 실험쥐가 있는지요?"

새로 온 정신과 인턴 연구원은 동물실험실을 오래 들락거린 고수가 분명합니다. 실험이 무기한 연기된 실험쥐 존재까지 알고 있으니까요. 관리인은 지나칠 정도로 공손하게 대답합니다. 하얀 가운만 보면 사족 못 쓰는 관리인답습니다.

"호흡기과 실험이 보류되면서 여분으로 남은 놈이 하나 있긴 합니다만, 지금은 천식 발작도 없고 건강 상태도 매우 양호해 보입니다…만."

관리인이 나를 가리키며 친절한 부연 설명까지 합니다. 나는 순간 경악합니다.

사실 새로 온 관리인은 나 때문에 고생이 막심합니다. 있어도 그만 없어도 그만인 나를 위해 매번 실험 케이지 하나를 더 준비하고 씻어야 하니까요. 쥐방 선반에서 실험 케이지가 하나 치워진다는 건 우리 중 누군가 목숨을 잃었다는 뜻이고, 관리인 일거리가 하나 줄었다는 뜻이기도 합니다. 관리인은 내 케이지를 청소하며 일 년째 투덜대는 중입니다. 더럽게 오래 사네. 나는 관리인을 업신여겨 왔습니다. 인간으로 태어났으되 쥐의 하인으로 전락한 관리인은 쥐만도 못한 인간입니다. 하지만 그건 나의 불찰 중 가장 큰 불찰이었습니다. 세상에서 가장 천한 직업인이, 쥐 똥 오줌이나 치우는 쥐방 관리인이, 내 목숨줄을 틀어잡게 될 줄이야.

순간 나는 깨달았습니다. 죽고 사는 건 손바닥 뒤집기 게임에 다름 아님을, 절묘한 타이밍이야말로 가장 중요한 실험쥐 사명임을. 식은땀이 났습니다. 살고 싶은 건 모든 생명체의 본능이며 본능을 쫓는 건 지극히 자연스러운 삶 행태입니다. 세상에서 목숨과 맞바꿀 수 있는 건 아무것도 없습니다. 목숨 보전을 위해선 얼마든지 비굴해질 수도 있으며, 조금만 비굴하면 천수를 누릴 수도 있습니다. 나는 꼬리를 살랑살랑 흔들며 본격적인 비굴 작전에 돌입했습니다.

—여보세요, 관리인님, 저를 좀 보아주세요, 제발, 저를 어여삐 여기시어 딱 한 번만 자비를 베풀어주시어요오.

내가 가장 우려하고 두려워하던 사태는 너무도 엉겁결에 벌어졌습니다. 셋째의 비굴한 죽음, 둘째의 참혹한 죽음을 차례로 지켜보았지만, 죽음은 아무리 지켜보아도 익숙해지지 않았습니다. 익숙해지기는커녕 점점 더 무섭고 두렵기만 했습니다. 참혹하게 살았건 비굴하게 살았건 불행했건 행복했건 화려했건 초라했건, 어쨌건 끝까지 살아남는 게 죽는 것보다는 백번 낫습니다. 나는 목숨 보전을 위해 평생 3프로 내외라는 인성 변화마저 후딱 감행해 버립니다. 관리인을 위해 먹는 것도 똥오줌 눕는 것도 최대한 삼가기 시작했습니다. 쥐방 천장으로 도망친 마취과 녀석이 물어다 준 펫 산업 붐 소식을 접한 이후 몰래몰래 몸매 가꾸기에도 열 올렸습니다. 실험쥐 세계 몸짱이 되면 '스튜어트 리틀'의 그 녀석처럼 애완용으로 용도 변경되어 애교 충만한 여생을 누릴 수 있을지도 모릅니다. 내 옆 케이지에 살던 디비디비(db&db : 비만 당뇨 쥐) 쥐는 얼마나 우스꽝스럽던지요. 살이 찌다찌다 공처럼 부풀더니, 실수로 뒤집히기라도 하면 관리인이 뒤집어 주기 전에는 혼자 일어나지도 못했습니다. 그날도 나는 뒤집힌 디비디비 녀석이 밥도 물도 못 먹고 손발만 내두르는 걸 구경하며 케이지 창살을 이용한 철봉 매달리기를 열 번이나 더 했습니다.

매일매일 지나친 다이어트와 몸매 관리는 폭식증과 거식증을 번갈아 불러왔고, 절식에 가까운 노력은 마침내 나를 뼈와 가죽만 남은 미라 상태로 만들어 버렸습니다. 그런데, 이건 정말 나도 몰랐던 사실인데, 나는 케이지 뚜껑 철망 틈새로 빠져나갈 수 있을 정도로 날씬해졌습니다. 관리인도 연구원들도 일 년에 한 번은 쉽니다. 쥐방이 24시간 무방비 상태가 되는 날은 매년 1월 1일 단 하루뿐입니다. 나는 알고 있었습니다. 그날 그 틈새를 이용해 마취과 놈처럼 멋지게 탈출할 기회가 생길지도 모른다는 사실을요. 하지만, 비밀스런 탈출을 꿈꾸기도 전에, 그 많은 노력들이 몽땅 의미 없어져 버린 것입니다. 정신과 인턴 연구원 눈에 뜨이자마자 '장수와 치매의 역학 관계 매커니즘을 밝히기 위한 샘플 99'로 전격 발탁된 것입니다. 시키지도 않은 연구를 자청한 걸 보면 정신과 인턴 연구원은 정식 연구원 자리를 노리는 게 분명합니다. 나는 어떻게든 이 시련을 헤쳐 나가야만 합니다. 고백하건대, 오래 산 실험동물의 하나같은 소망, 어느 날 아침 잠든 듯 죽어버리고 싶다는 소망은 다 거짓말입니다.

ㅡ여보세요, 관리인님⋯!

나는 애타게 관리인을 불렀습니다.

관리인은 오늘도 쥐방 바닥을 비질하다 말고 천장을 노려보며, 대체 이놈의 스티로폼 가루가 어디서 떨어지는 거야, 투덜대고 있습니다. 다급해진 나는 케이지를 발로 걸어찹니다. 찍! 찍찍! 관리인이 내 쪽으로 얼굴을 돌립니다.

"좀만 참아라. 심심할 시간도 오늘로 끝이니까."

나는 내 생애 최대로 경악했습니다. 오늘 아침 실수로 내 똥을 밟았는데, 결국 오늘이 내 생에 가장 재수 옴 붙은 날이 되려나 봅니다. 나는 이대로 개죽음당하지 않겠다고 맹세합니다.

ㅡ여보세요, 관리인님, 내가 저 천장의 비밀을 알려 드릴게요, 그러니까 제발, 나를 애완용으로 좀 데려가 주세요. 기쁘게 해 드

릴게요, 외롭지 않게 해 드릴게요, 노래도 불러 드리고 춤도 추어 드릴께요!

 비록 일 년 내내 투덜거리기는 하지만 쥐방 관리인은 나의 심심함과 외로움을 눈치채준 유일한 인간입니다. 너, 참 심심하겠다. 너, 참 외롭겠다. 관리인은 청소가 끝나고 약간 한가해지면 내 케이지를 톡톡 치며 말을 걸곤 했습니다. 야, 그렇게 웅크리고 있음 관절염 걸린다, 내 동생도 관절염 염증이 심장까지 퍼져 죽었어. 관리인은 나를 보며 연신 츠츠거리는 것이었습니다. 관리인의 나에 대한 미운 정은 언제부턴가 연민의 정으로 변질되어 있었습니다. 그런데, 이 절체절명의 순간, 케이지 벽을 두드리고 발로 차고 몸을 던지고 구르고, 찍! 찍! 찌직! 날카로운 비명을 내지르건만, 관리인은 잠시 눈길만 줄 뿐 그대로 돌아섭니다. 일 년 넘게 동고동락했던 우리가, 유일한 내 편이라 생각했던 인간이, 어떻게 가장 절박한 순간에 나를 모른 척할 수 있단 말입니까, 내 비명소리를 못 들은 척할 수 있단 말입니까. 나는 정신과 인턴 연구원이 내 꼬리를 잡고 마취통 뚜껑을 열 때까지도 포기하지 않고 소리소리 질렀습니다.

 ―선생님, 연구원님, 찍찍! 제발 살려 주세요, 찍찍! 저 천장 위에, 2년째 숨어 사는 마취과 놈이 있어요. 찍찍찌찌찌익…! 나보다 더 오래 산 놈이에요. 제발, 제발, 제발, 찍찍찍! 손발과 꼬리가 잘린 채 평생을 살지언정, 찍찍! 나는, 나는, 나는… 찍찍…! 찍찌

찌이이이이익…

　관리인이 메스 통을 들고 실험동물 해부실로 들어섭니다. 정신과 인턴 연구원을 보조하기 위해 수술 도구를 챙겨 들고 옵니다. 메스 통 위로 스티로폼 가루 하나가 나풀, 내려앉습니다. 관리인이 천장을 올려다봅니다. 내 죽음을 구경 나왔던 마취과 놈 머리통이 천장 틈새로 후다닥 사라지는 게 보입니다. 마취통 뚜껑을 열던 정신과 인턴 연구원 손이 멈칫합니다.

샴 이야기

나는 머리는 두 개 몸은 하나인 샴쌍둥이 실험 모델입니다. 유전자 변형으로 만들어진 특별한 실험쥐이지요. 달리 표현하면 우리는 몸뚱이 하나에 머리가 두 개 달린 생명체입니다. 덕분에 우리 둘은 정확히 둘이면서 하나인데, 그 증거로 우리 둘은 성격이 완전히 다릅니다. '나'는 철저하게 이성적이고 '너'는 철저하게 감성적이죠. 나는 근거를 들이대고 분석하고 논리적으로 합당해야만 행동으로 옮기지만, 너는 직감적으로 우선 캐치되는 감성에 최우선을 두고 행동을 결정합니다. 우리에게 결정적인 사단이 일어난 것은 '그녀'가 실험에 투입된 직후부터입니다. 이성적인 나와 감성적인 너는 누가 먼저랄 것도 없이 그녀에게 홀딱 빠져버렸습니다. 우리 유전자를 조작하여 탄생시킨 김 연구원이 뜯어말려도 불가능한 마음들이었죠. 우리는 정확히 두 개체이다 보니 마음도 정확히 두 배였습니다. 물이 한 컵인 것과 두 컵인 것은 엄청난 차이입니다. 물 한 컵으로 화분 두 개 꽃을 피워낼 수 있다면 물 두 컵으로는 화분 네 개 꽃을 피워낼 수 있습니다. 화분 두 개 꽃과 화분 네 개 꽃이 맺을 열매 개수를 생각해 보면 더 확실해집니다. 그 열매 차이가 나중에 다시 화분 개수 차이를 만들 것이며 따라서 물 한 컵으로 출발한 베란다와 물 두 컵으로 출발한 베란다 화분 수는 전혀 다른 숫자가 되어 있을 것입니다.

마음도 마찬가지였습니다. 내가 그녀를 사랑하는 마음과 너가 그녀를 사랑하는 마음이 합해지자 우리는 김 연구원도 못 말리는 곰사랑꾼이 되고 말았습니다. 문제는 그러거나 말거나 그녀는 우리 마음을 본 척 만 척한다는 것이었죠. 지금도 그녀는 우리 시선을 네 개나 동시에 받고 있으면서도 완전히 등을 돌린 자세입니다. 그녀가 향하는 시선 끝에는 동료B가 있습니다. 동료B는 언제부터인지도 모를 낮잠에 빠져 있는 상태고요. 너가 부르르 주먹을 쥐고 흔듭니다. 참고로 우리는 머리만 각자 따로이지 몸은 공동 사용입니다. 당연히 주먹도 나와 너의 공유물입니다. 그럼에도 지금 주먹을 '너가 부르르 쥐고 흔든다'고 말할 수 있는 것은 너의 눈빛 때문입니다.

―난 완력으로라도 그녀를 품고 말겠어.

너가 눈꼬리를 세운 채 실험용 케이지 벽에 머리를 짓찧으면서 분연히 말했습니다. 나와 너는 분명 머리는 각자 소유입니다.

그럼에도 우리는 몸뚱이가 하나로 연결된 탓에 너가 머리를 벽에 들이받자 내 머리까지 찡 울리면서 우리 공동의 몸뚱이가 휘청거렸습니다. 나는 어지러운 시야를 눈꺼풀 깜박거려 진정시킨 뒤 앞뒤 없이 돌진하는 너에게 말했습니다.

―그런 방법이 통할 그녀였다면 애초 김 연구원이 그녀를 우리 실험 대조군으로 설정하기나 했겠어?

너가 어지러운 시야를 진정시키느라 파르르 떨리는 내 눈꺼풀을 잡아 뜯을 듯 노려보며 한 번 더 분연히 감성을 토해냈습니다.

―난 그녀에게 내 유전자를 전달하고 말겠어.

역시 앞뒤 없는 감성 누설이었지만 이번에는 나의 어지럼증을 염두에 두었든지 아니면 딴에는 염려했던지 또 벽에다 머리를 짓찧지는 않았습니다. 나는 덕분에 눈을 정상적으로 뜬 채 너를 바라볼 수 있었습니다. 우리들은 다행인지 불행인지 목을 각자 자유롭게 움직일 수 있습니다. 언제든 나도 너를 외면할 수 있고 너도 나를 외면할 수 있습니다. 만약 우리 둘이 목까지 한 덩어리로 붙어 태어났다면 그래서 목도 못 움직였다면 평생 서로의 눈만 마주하며 살아야 했다면 아마도 이렇게 좌우 평정심을 유지하면서 살아가지는 못했을 것입니다. 성격대로 번번이 부딪히고 번번이 싸울 게 뻔했으니까요. 싸우다 싸우다 결국은 서로가 서로를 죽이는 지경까지 이르렀을지도 모르니까요. 나는 조금은 덜 논리적이게 너의 눈을 지그시 들여다보며 너의 감성에 호소했습니다.

―그런 일은 너의 생애나 나의 생애나 불가능한 일이야.

　나는 너가 그녀의 외면하는 등짝으로 인해 이미 감성을 많이 다쳤다는 것을 알기에 목소리를 조근조근 사용했습니다. 우리는 약 10밀리 공간을 사이에 두고 서로 머리통이 존재했기에 목소리가 너무 커도 너나 나나 귀청만 아프고 스트레스만 받거든요. 10밀리 공간은 나와 너의 최대 가까운 사이이자 최대 먼 사이이기도 합니다. 나는 너를 설득하고 달래는 방법도 99퍼센트 알지만 이번에는 그런 방법을 쓰지 않고 나의 논리적인 방법을 대신 입 밖으로 꺼내 에둘러 제시해 줍니다.

　―나는 끝까지 그녀 마음을 존중하겠어, 그녀가 우리들을 본 척 만 척하는 건 어쩌면 당연한 일이니까.

　너가 나를 가파른 세모꼴로 노려보기 시작합니다. 너는 입술 양 끝에 분노의 거품까지 물고 되받아칩니다.

　―넌! 화 안 나냐! 그녀가 시종일관 우리를 세트로 무시하는 게 화나지 않냔 말야!

　나는 논리적으로 논리적인 만큼만 눈을 깜박였습니다. 그러니까, 나도 너처럼 어느 정도는 화가 나, 그렇다고 화를 낸다고 그녀가 우리를 쳐다봐 주지도 않을 거고, 화낸다고 우리 마음이 사그라들지도 않을 건데, 그렇게 화만 내봤자 너만 손해잖아, 너만 더 마음 다치고 너만 더 힘들어지잖아, 그니까 조금만 참고 내 말을 더 들어봐, 그런 의도를 담은 눈 깜박임이었습니다. 나는 논리적으로 눈을 깜박이면서 의도적으로 천천히 말했습니다.

―나는 그녀가 허락할 때까지는 키스도 하지 않겠어.

결국 너가 버럭, 케이지 벽을 발로 찹니다.

―허락이라고? 지금 허락이라고 했냐? 허락이라는 걸 받아낼 수나 있다고 생각하는 거냐? 너야말로 머리통이 잘못된 거 아냐? 넌 어떻게 그렇게 허구한 날 찬찬할 수 있지? 지금 이 순간에도, 우리가 그녀 관심을 얻으려고 이렇게 다투고 있는 와중에도 그녀가 지금 뭘 하고 있는지 보란 말야, 뭘 하고 있냐고!

말했다시피 우리들은 한 몸뚱이에 머리가 둘 달린 몸체입니다. 그러니까 지금 너가 화가 최고조로 나서 뒷발로 케이지 벽을 후려 찬 것은 곧 너와 나의 공유된 몸뚱이가 한 짓이기도 했습니다. 그러니까 너가 단독으로 발길질했지만 은연 중에 나도 동의했어야만 가능했던 발길질이던 것입니다. 덕분에 발길질 한 당사자인 너는 뜨악하니 놀란 눈이 되었습니다. 조금 전 물 한 컵과 물 두 컵 차이에 대해 말했듯이 지금 막 물 두 컵에 해당되어 버린 발길질이 그만 케이지 벽에 약간 금을 만들어 버렸거든요.

우리 둘은 허구한 날 다투었습니다.

사실 머리가 하나였어도 내 안의 또 다른 그 녀석과 마음 맞지 않아 종일 갈등하고 다투고 우왕좌왕하는 게 우리들인데, 하물며 머리가 둘이나 되는 나와 너는 오죽했겠습니까. 종일 다투느라 우리는 잠들 시간쯤이면 녹초가 되었습니다. 예를 들어 특별 간

식으로 사과 한 쪽이 제공된 어느 날이었습니다. 나는 사과를 입속에 넣기 전에 우선 사과 향을 맡아보고 재질을 파악해 보고 소화력에 대해 검색해 보고 생으로 먹을 것인지 익혀 먹을 것인지 구워 먹을 것인지 갈아먹을 것인지 생각하느라 골똘히 그것을 바라보고 있었는데, 너는 냉큼 사과 한 귀퉁이를 와사삭 깨물어 먹어 치워버린 것입니다. 내가 말했습니다. 조금만 기다려, 새로운 음식은 늘 위험해, 그러니까 최소한 어떤 위험이 있는지는 파악하고 먹든지 말든지 해야지. 그러자 너가 입술을 삐죽이며 받아쳤습니다. 먹기 싫음 말던지, 넌 본능적으로 보면 모르냐? 저 향기로운 사과 향이 어서 나를 먹어 치워 줘, 나는 당연히 몸에 무척 좋은 음식이란다, 라고 말하고 있잖아, 먹기 싫으면 내놔, 내가 마저 먹어버리게. 하는 것이었죠. 나는 한숨을 쉬며 다시 정리해 주었습니다. 먹지 말라는 게 아니잖아, 사과 한 쪽이 어떤 의미인지 어떤 실험의 일환인지 어떤 결과가 나올 것인지 정도는 최소한 파악하고 먹자는 뜻이잖아. 그러자 너가 말했지요. 웃기시네, 넌 내가 뭐든 빨리 잘 먹어 치우는 게 못마땅해서 내가 먼저 먹어 치우지 못하게 막으려고 수작 부리는 거잖아, 아냐? 라고요. 나는 너와 말씨름하기가 싫어서 고개를 외로 돌리고 말았습니다. 그사이를 못 참고 너가 덜컥 사과를 다 먹어 치웠고요. 그날 저녁 일이 벌어졌습니다. 갑자기 배가 몹시 아팠고 무지막지하게 설사를 했습니다. 그런데 몸뚱이도 밥통도 공용으로 쓰는 처지인 바람에 나는 사과 향만 맡고 말았는데 엉뚱한 배앓이와 설사까지 그리고 기진맥진까지 감당하려니 짜증이 났습니다. 그러게 내가 알아보고 먹자고 했지. 너가 발끈했습니다. 그렇게 잘 났으면서 왜 내가 먹어 치우는 걸 끝까지 적극적으로 말리지 않았는데, 넌 내가 어서 빨리 죽어 없어졌으면 좋겠지, 이 몸뚱이를 혼자 차지하고 싶어서 죽겠지, 하면서 설사로 습기가 죄 빠져나가 돌돌 말리는 혀로 발음도 잘 안 되는 장문의 대사를 마구 쳐 대는 것이었습니다. 나는 사과 한 쪽 의미가 김 연구원의 '모종의' 실험의 한 과정이라는 걸 알 것 같았습니다. 우리가 두 개 개체이긴 하지만 몸은 하나이므로 한쪽만 사과를 먹어 치우고도 역시 공용 몸뚱이에서와 같은 증상을 나타내는지 아닌지를 확인하고 싶어서 사과 속에 설사약을 다량 투입해 놓았다는 것을요. 나는 설사약을 맛있게 먹어 치운 게 창피해 되레 나한테 화풀이 해대는 너의 그 조절 불가능한 감성치에 진저리가 났습니다. 사과 한 쪽이 결국 너가 나의 '죽음을 바라는' 데까지 생각을 급진시켰으니, 앞으로는 어떤 말이나 어떤 음식도 어떻게 나눠 먹을지, 같이 먹을지조차 감을 잡을 수가 없었거든요. 나도 그렇고 너도 그렇고, 차라리 몸뚱이를 혹사하는 게 낫지, 사소한 사과 한 쪽 때문에 이성과 감성을 최고치까지 혹사당하다 보니 정신마저 피폐해졌습니다. 허구한 날 망가진 정신상태로 하루를 마감하기도 지겹고 답답하고 성질나고 억울했습니다.

그런데 갑자기 눈앞에서 벌어진 사태, 금이 가버린 케이지 벽을 마주한 우리는 겁나게 서로의 눈을 찾았습니다. 우리 눈이 갑자기 어떤 광기를 띄기 시작했습니다. 우리는 종일 싸우지만 어떤 경우는 전혀 말하거나 눈빛조차 주고받지 않아도 서로 마음을 읽어버리는 경우도 많습니다. 한 몸뚱이를 쓰고 있어서 그런 모양입니다. 모양은 머리가 두 개이고 아이덴티티도 분명 두 개지만, 공용 몸뚱이를 통해 너와 나의 뇌 뿌리와 지문들이 여기저기 위와 대장 따위에 서로 얽히고 뻗쳐서 한 몸처럼 기능하는지도 모를 일입니다. 지금이 그런 경우였는데, 우리는 서로 각자 눈알을 돌리고 굴리고 사용해 사방을 최대한 살폈습니다. 360도×2인 720도의 시야를 살폈습니다.

—아무도 못 보았지?

—그런 것 같아.

우리 중 누구라고 할 것도 없이 서로 말하고 대답했습니다. 그렇습니다. 우리는 발견한 것입니다. 케이지 '벽의 금'을. 그때부터 우리는 정말 최선을 다해 마음을 합치기 시작했습니다. 궁극적인 목적은 물론 '그녀'입니다. 그녀가 나와 너의 이브인 것은 의심할 여지가 없기 때문에 우리는 케이지 금을 점점 짙게 깊게 그리고 넓게 만들자고 눈빛으로 모의했습니다. 다만 김 연구원이 눈치채면 끝장이기 때문에 우리는 모든 방법을 동원해서 케이지 벽의 금을 가리고 은폐해야 했습니다. 심지어는 옆 케이지 동료

등짝을 빌려서라도 말이죠. 현재 시점에서는 그녀 마음을 몽땅 사로잡은 동료B 등짝을 빌려서라도 말이죠.

맞습니다. 그녀는 머리가 두 개 달린, 그래서 두 마리 수컷이 분명한 나와 너를, 역시 그래서 마음도 두 개일 수밖에 없는 나와 너를, 그래서 그래서 어쩌면 근친상간의 정의할 수 없는 누명까지 덮어쓰게 될지도 모를 나와 너를 사랑하는 대신 머리가 하나이며 몸도 하나이고 그래서 마음도 하나일 수밖에 없는 옆방 동료B를 사랑하기로 마음 정해버렸습니다. 그녀는 나와 너가 보기에도 지극히 정상적인 암컷 실험쥐였거든요. 그녀 실험 케이지는 우리 바로 앞에 놓여 있는데, 샴쌍둥이 실험 대조군이 된 이상 그녀와 우리와 동료B는 서로가 서로를 마주 보는 관계가 될 수밖에 없었습니다. 그녀 하나를 놓고 우리 셋은 매일 경쟁해야 합니다. 그녀가 무얼 좋아하는지 어떤 이야기에 관심 기울이는지 그녀가 감동하는 선물은 무엇인지 알아야만 합니다. 그녀는 나의 관점에서는 불필요한 말을 잘 안 하는 게 최대 매력입니다. 너의 관점에서는 감성에 최선을 다해 정직하다는 게 최대 매력이고요. 동료B 관점에서는 물어볼 필요도 없습니다. 동료B는 주어진 실험 역할에만 최선을 다해 협조하기로 이미 김 연구원과 이면 계약을 맺은 친구거든요. 동료B는 그녀와 사랑하는 게 동물실험실에 입방 된 동기이자 실험 조건이었으므로 자신 마음을 빼앗긴다든가 안 빼앗긴다든가에 상관없이 자동으로 그녀를 좋아하고 있습니다. 그래서 생각했는데, 어쩌면 동료B는 우리를 위해 그의 등짝을 빌려줄지도 모르겠습니다. 동료B는 그녀와 하룻밤 풋사랑을 나눈 뒤 동료B 유전자를 그녀에게 전달만 하면 되는 역할이기 때문에 우리처럼 이성과 감성을 다 투자하고 온 몸뚱이를 다 바쳐 올인할 하등의 이유가 없거든요. 동료B는 매일을 먹고 자고 놀기만 합니다. 운동 따위 외모 따위 신경조차 쓰지 않습니다. 그럼에도 그녀는 동료B에게만 시선을 몰아주고 있습니다. 사실 그녀 앞에 정상적인 수컷 실험쥐는 동료B밖에 없거든요. 내 분석에 따르면 그녀는 동료B가 정상적인 수컷이기 때문에 좋아하는 것일 뿐입니다. 마음을 다해 좋아하는 것은 아닐 것입니다. 하지만 이런 이야기들을 너와 공유하지는 않습니다.

왜냐면 지금 현재 나의 가장 강력한 경쟁자는 바로 나와 같은 몸뚱이를 공유하는 너이기 때문입니다. 그럼에도 나는 자꾸 너에게 마음이 쓰러집니다. 너가 그녀에 대한 마음을 이기지 못해 자해하고 머리를 박고 발길질하고 가슴에 멍이 들도록 두드려대는 걸 보면 어쩐지 내가 하고 싶은 행동을 너가 대신해 주는 게 아닐까 안쓰럽다가 고맙다가 다행이다가 말려야 하나까지, 헷갈리기 일쑤니까요. 저 가공할 뒷발차기 경우도 마찬가지고요. 그럼에도 최종 목적은 그녀에게 나의 유전자를 물려주기입니다. 세상에 수컷으로 태어나 그 정도는 하고 죽어야 태어났던 보람은 챙겨가는 것일 테니까요. 그녀 역시 실험 세팅에 의해 의무적으로 유전자를 전달하기 위해 대기하고 있는 동료B보다는 외모가 좀 신박하긴 하지만 온몸과 온 논리를 다해 그녀를 사랑하고 존경하는 나의 유전자를 받는 게 더 합리적이지 않을까요. 하지만 나는 그녀와 한 마디도 대화를 나눠볼 수가 없습니다. 워낙 말을 아끼는 그녀이기도 하지만 그녀가 도통 우리 쪽으로는 실수하는 시선조차 던지지 않기 때문입니다. 그렇다고 포기할 나도 아니고 너도 아닙니다. 우리는 이성과 감성의 경계로 확실하게 아이덴티티가 나누어지긴 하지만 의지나 목적의식은 강렬하게 동일합니다. 일란성 쌍둥이의 지적 능력, 인지적 능력, 건강, 재능, 육체적 능력 같은 유전자적 특징도 모두 동일하게 가지고 있습니다. 그녀에 관한 한 이럴 때는 유리한 장점으로 발휘되겠지요.

김 연구원의 실험 주제는 지금도 모호합니다. 이성을 실험하는 건지 감성을 실험하는 건지 이성과 감성을 동시에 실험하는 건지 그것도 아니면 이성이든 감성이든 적당히 조합 변형하는 회색감성을 실험하는 건지 알 도리가 없습니다. 실험 주제가 무엇이든 간에 우리는 좌우 양팔이 있어도 한 몸이듯 두 다리가 있어도 두 폐가 있어도 한 몸이듯 좌우 머리가 따로 달렸어도 한 몸입니다. 우리가 하나라는 것은 우리 유전자가 몽땅 폐기되지 않는 한 부인할 수 없는 팩트입니다. 우리는 압니다. 생명체는 좌로 가도 우로 가도 모로 가도 결국은 하나의 길에서 만나 하나가 되리라는 걸. 하나로 가는 길마다 의견과 이견과 돌부리가 많을수록 자유분방하고 격렬한 하루하루가 펼쳐질 것이며, 그럴수록 하나가 되는 순간 기쁨은 더더욱 배가될 거라는 걸. 우리도 샴쌍둥이 실험동물로 유전자가 특별 조작되기는 했지만 엄연한 생명체입니다. 따라서 생명체마다 주어진 고유 역할도 갖고 있습니다. 나는 아마도 지금 눈앞에서 동료B에게 자꾸 추파를 던지는 그녀를 사랑하라는 역할이 주어진 것 같습니다. 너도 동의하는 눈빛입니다. 그래서 너는 나에게 질 수 없다는 듯 그 어느 때보다도 강렬한 감성을 앞세웁니다. 너가 그녀 앞에서 당당하게 감성을 앞세울 수 있는 근거는 그녀에게로부터 비롯되었습니다.

그녀는 1초 전에 삐쳤습니다. 그녀가 아무리 추파를 던져도 동료B는 몽롱몽롱한 눈빛으로 우리 케이지에 난 금을 구경하고 있습니다. 동료B는 숨 쉬는 일과 먹는 일 그리고 싸는 일 외에는 도통 변화라고는 없는 동물실험실에서 그나마 가장 최근 벌어진 급진적 변화인 우리 케이지 '벽의 금'에 꽂혔습니다. 어제부터 줄곧 그 금을 구경하고 있는데, 우리가 다시 마음 합쳐 뒷발차기를 실시할 틈도 주지 않고 줄곧 금에 매달려 있습니다. 그러다가 김 연구원이 동료B 시선을 눈치채기라도 한다면? 우리가 어제부터 합심해서 그 금을 짙게 크게 넓게 만들려 한다는 걸 들키기라도 한다면? 동료B라면 능히 그런 일도 할 수 있습니다. 동료B는 유전자를 전달하는 임무만 잘 끝내면 동물실험실에서 '살아서' 퇴실해도 좋다는 이면 계약을 맺었거든요. 한 번 실험동물은 영원한

샴 이야기 155

실험동물인 것이 실험동물계의 원칙입니다. 살아서 동물실험실을 나간 뒤 동물실험실에서 벌어졌던 일들을 외부에 발설하거나, 동물실험 중 몸에 투약된 주사약이라든가 약물에 대한 특정한 반응들을 외부에 전염시키는 행위는, 세상 하나를 다시 탄생시키거나 완전히 멸종시키는 행위와 맞먹는 중차대한 반역 행위입니다. 그런데 김 연구원은 대체 무슨 생각으로 그런 가공할 이면 계약을 맺은 걸까요. 그 바람에 동물실험실에서 가장 안정적이고 가장 태평하고 가장 실험 공포를 느끼지 않는 실험동물은 옆방 동료B밖에 없습니다. 인간도 아니고 연구원도 아닌 주제에 죽음 공포에서조차 자유롭다니, 새삼 동료B 존재가 다르게 보이기까지 합니다. 그렇다면 그녀는 동료B의 그런 환경에 혹해 버린 걸까요. 그 이면의 삶에 넘어가 버린 걸까요. 그 영원불멸함에 목숨을 건 걸까요. 그럴 수도 있겠습니다. 워낙에 암컷들은 자기 새끼를 안전하게 잘 키워줄 수컷이면 몸매 따위 얼굴 따위 성격 따위 아무것도 안 보고 덜컥 그의 새끼를 낳아주기도 하니까요.

 그런데 이상한 것은 그런 암컷의 속성을 이미 다 알고 있는 나는 어째서 그녀에게 마음을 빼앗긴 걸까요. 그것도 그녀를 보자마자 논리적으로 생각이나 분석조차 해보지도 않고 즉각적으로요. 그 부분은 여태 나도 풀지 못한 숙제이기도 합니다만 어쨌든 그녀는 지금 삐쳤습니다. 화가 났습니다. 동료B가 전혀 그녀의 섬세한 교태를 보아주지 않고 있으니까요. 그녀는 동료B 마음을 뒤흔들 속셈으로 아까부터 꼬리 비틀기 춤을 추고 있습니다. 여태 동물실험실에서는 보지 못했던 기이한 춤입니다. 아마도 그녀 꼬리나 엉덩이 근육은 지금쯤 엄청나게 쥐가 났거나 배배 꼬이고 비틀려서 세포들이 터지기 직전일 것입니다. 그때 너가 출동합니다. 그러니까 너가 감성을 드러내기 시작합니다. 너도 그녀가 삐친 것을 압니다. 외려 너는 그녀의 그런 미세한 감성 변화를 열심히 체크하다가 급기야 그녀가 너처럼 감성이 매우 섬세하며 감성에 매우 잘 체한다는 것을 감지합니다. 너는 다시 한번 그녀에게 반해버립니다.

─저렇게 감성에 잘 덜컥거리는 생명체는 처음 봐, 죽인다 정말.

너는 내가 이미 눈치채고 있는 내용을 다시 입으로 읊어줍니다. 그러니까 그녀가 너의 말을, 마음을, 좀 들어주고 알아채 주기를 바라는 소망을 나에게 대신 지껄여 봅니다. 건너건너 소문처럼 그녀가 혹시 너의 말을 알아들어 줄까 해서요. 하지만 그녀는 여전히 동료B에게만 관심을 보입니다. 동료B가 우리 케이지 금을 열심히 보는 사이 그녀는 동료B와 시선 방향이라도 맞춰보려는 듯 우리 케이지 금을 따라 보기 시작합니다. 우리는 깜짝 놀랍니다.

─안 돼!

─안 돼!

샴 이야기

우리는 마구 밥통을 뒤집어엎습니다. 우리는 케이지 바닥에 축축하고 눅눅하게 눌린 나무 톱밥들을 마구 긁어 일으켜 세웁니다. 금이 간 벽에 톱밥 벽을 쌓기 시작합니다. 벽의 금을 가리기 시작합니다. 기다렸다는 듯 김 연구원이 들어옵니다. 김 연구원은 우리가 급히 몸뚱이로 가려버린 케이지 벽의 금은 눈치채지 못한 채 말을 걸어 옵니다.

"샴, 니들 또 싸웠냐? 아니면 지금 베딩 갈아달라고 시위하냐?"

우리는 동시에 고개를 젓습니다. 아니요, 아니요. 우리는 김 연구원이 은폐의 금쪽에 관심 두지 못하게 바닥에 꽈당 누워버립니다. 몸뚱이는 한 번에 쓰러졌지만 나와 너의 머리통은 각자 0.1초 시차를 두고 바닥에 꽈당 부딪힙니다. '꽈당'은 나, '꽈아 당'은 너, 이런 식으로요.

-훗엇엇헛허.

갑자기 미친 웃음소리가 동물실험실을 울립니다. 동료B 웃음소리입니다. 동료B는 우리가 머리가 둘인 게 재밌는 모양입니다. 몸은 하나요 머리는 둘인 우리가 꽈당, 꽈아당, 넘어지는 게 웃긴 모양입니다.

-호호호오.

그녀가 동료B를 따라 웃습니다. 그녀가 동료B를 따라 우리를 굽어다 봅니다. 어라라? 우리는 쓰러진 채 서로 눈을 찾습니다. 이럴 수가. 이런 방법도 있었다니. 벽의 금만큼이나 새로운 발견입니다. 그저 그녀 마음을 얻기 위했을 뿐인데, 덕분에 오늘도 전혀 새로운 발견을 합니다. 나와 너의 몸 망가뜨리기. 그것이 동료 B 시선을 붙잡았고 웃겼고, 그것이 연쇄적으로 그녀 시선을 붙잡았고 웃겼습니다. 그녀가 구경 곁에 우리를 보아준 것만도 감격인데 웃어주기까지 하다니, 역사에 기록할 날입니다. 김 연구원만이 멀뚱하게 우리를 구경합니다. 김 연구원은 아직도 그녀가 날씬한 배를 하고 있는 게 마음에 안 드는 모양입니다.

"강제로 합방시켜야 하나?"

김 연구원이 그녀 등짝 껍질을 움켜잡고 들어 올립니다. 그녀 배를 쓸어봅니다. 감히, 우리는 눈도 마주치지 못하는 그녀를 감히. 그러나 방법이 없습니다. 어떻게 구해줄 방법이 없습니다. 하지만 너가 사단을 일으키고 맙니다. 너는 벌떡 일어납니다. 물론 몸뚱이가 하나인 바람에 나까지도 벌떡 일어나는 모양새가 되고 말지만, 너는 급흥분하여 케이지 밖으로 튀어 나가려고 합니다. 김 연구원에게 등껍질 잡힌 그녀를 향해 도약하려고 합니다. 만약 성공한다면 너는 김 연구원이 보는 앞에서 그녀에게 너의 유전자를 전하는 데 성공할지도 모릅니다. 이런 비상 상황을 고려해 그동안 나와 너는 얼마나 수없는 경우의 수를 연습하고 연습하였던지요. 하지만 너의 성공은 곧 나의 실패이기에, 나 역시 구경만 하고 있을 수는 없습니다. 나는 너보다 더 강력하게 그녀를 향해 도움닫기를 합니다. 튀어 오릅니다. 몸뚱이가 하나인 우리는 성기도 하나입니다. 나는 부디 이 순간 그녀가 눈감아주길 기원합니다. 나는 결코 그녀를 강간하거나 겁탈하거나 강제로 취하려는 게 아닙니다. 나는 오로지 그녀를 김 연구원 손아귀로부터 구하려는 것일 뿐입니다. 그녀는 새끼를 가져야만 이 동물실험실에서 살아날 수 있습니다. 새끼를 임신하고 새끼를 낳고 새끼를 잘 키워낼 때까지는 살아낼 수 있습니다. 그녀를 살리고 싶은 마음, 그녀를 사랑하는 마음, 그녀에게 유전자를 전하고 싶은 마음은 나와 너가 똑같습니다. 그럼에도 나는 그녀가 나 때문에 너 때문에 치욕스럽거나 민망하다거나 혀 깨물고 죽고 싶을 만큼 창피하지 않기를 바라기에 미친 쥐처럼 튀어 오릅니다. 김 연구원이 그녀 등껍질을 단단하게 거머쥐고 있는 바람에 우리는 그녀에게 유전자를 전하기가 더욱 용이해집니다. 그녀는 꼼짝 못 한 채 우리를 받아들여야만 합니다. 그 자세로 움직이지 못하는 한 성공입니다.

―안 돼, 하지 마!

너가 갑자기 제동을 겁니다. 나를 막아섭니다. 주특기인 감성을 앞세웁니다. 너가 갑자기 흐느낍니다. 우리는 그녀를 향해 튀어 오르다 말고 허공에서 서로 눈이 마주칩니다. 너가 통곡합니다.

―어떻게 동료B 앞에서…!

이미 나의 성기는 한껏 기상한 채입니다. 머리는 둘이고 몸뚱이는 하나인 우리는 매일 성기를 가지고도 싸워야 했습니다. 내가 그녀를 생각하면 나의 성기가 기상하고 너가 그녀를 생각하면 너의 성기가 기상하고, 내가 그녀를 논리적으로 분석하기 시작하면 나의 성기는 풀이 죽고 너가 그녀를 애처롭게 여기면 너의 성기가 풀이 죽고. 그러다 보니 우리의 하나뿐인 성기마저 매 순간 기상했다가 죽었다가 기상했다가 죽었다가 반복에 반복을 거듭하느라 이성과 감성이 그랬던 것처럼 푸울푸울 망가지기 직전입니다. 알다시피 보통 수컷 쥐는 암컷에게 사랑을 느끼고 발기하기까지 최소 10분에서 15분 정도 걸립니다. 나와 너도 마찬가지여서 우리는 사랑을 시작하기 위한 워밍업이 한없이 느린 데다, 사랑한 뒤에도 최소 5일은 쉬어주어야 다음 사랑을 기약할 수 있습니다. 그런 유전자 기본 설계 원칙도 무시한 채 허구한 날 쉴 새 없이 커졌다 작아졌다를 반복하다 보니 우리 성기는 오래전 중고 중 상중고가 되어버렸습니다. 하지만 사용 빈도수를 이유로 재활용마저 불가능해졌다면 나와 너는 살 가치도 없습니다. 그녀를 사랑할 자격도 없습니다. 우리는 열심히 노력했습니다. 나는 나대로 너는 너대로 설득하면서 위로하면서 연습하면서 지금 같은 운명의 순간을 학수고대해 왔습니다. 케이지의 금을 어떻게든 가리고 은폐해서 더 크게 더 넓게 더 깊게 만들고자 했던 이유도 탈출과 자유 획득이라는 짜릿한 성과보다는 목이 비틀려 꺾이는 한이 있더라도 나의, 너의, 유전자를 남기고픈 유전자적 욕구가 더더 우선했을 테고요.

그럼에도 이 순간, 이미 나의 성기는 한껏 그 어떤 때보다도 기상한 상태입니다. 너의 성기도 마찬가지여야 했지요. 그나마 합심하지 않으면 한 번도 연습해 보지 않은 '공중도움닫기식사랑' 앞에서 정확하게 과녁 맞추기가 더욱 힘들어지니까요. 나는 너를 설득해야 합니다. 이 순간, 너를 설득하지 못하면 우리는 끝입니다. 어차피 실험 케이지 밖으로 튀어 나가든 기어나가든 금을 노려 케이지를 탈출한 실험쥐는 탈출 순간 오염 되어버린 탓에 다른 실험동물을 보호하는 차원에서라도 그 자리에서 죽임당하는 것이 원칙입니다.

─기회는 한 번뿐이야!

나의 하나뿐인 성기가 푸울푸울 바람이 빠지려고 합니다. 이미 내 몸은 케이지와 그녀 사이에 붕 떠올랐는데요. 나는 그녀를 외면하는 너의 눈을 붙잡으려고 필사적으로 매달립니다. 너의 머리통을 내 쪽으로 돌리려고 팔을 마구 휘두릅니다. 촌각에도 나는 논리적으로 소리칩니다. 물질P! 김 연구원님, 얘 머리통에 물질P 좀 주사해 주세요! 물질P(substance P)는 생쥐 입천장 위쪽 뇌에 갇혀 있는 작은 신경 세포 연결망인데, 수컷이 암컷을 구별하고, 암컷에게 끌리는지 안 끌리는지 여부를 알려주는 데다, 인근 뇌세포를 충동질해 즉각 성적 행동을 취하라고 명령까지 내립니다. 그러니까 물질P를 지금 당장 너의 머리통에 주사하면 너는 마치 성욕에 중독된 쥐처럼 그녀에게 미칠 듯 달려들 겁니다. 나보다도 더 필사적으로요. 그녀에게 기필코 나의 유전자를 전달해야 하는 극적 상황에서 인간의 도움을 받아야 한다는 게 자존심 상하기는 하지만 설득할 시간이 없다면 급행이라도 타야지요. 지금 우리에게 필요한 건 나의 분석도 아니고 너의 눈물도 아닙니다. 물질P뿐입니다. 김 연구원님! 소리치는데 너의 머리통이 내 쪽으로 돌아옵니다. 내 팔이 너의 머리통을 기어이 돌려놓고 맙니다. 통곡 중인 너의 눈이 나를 봅니다.

—난 널 믿어!

그런데? 도대체 누가 한 말일까요? 난 널 믿어, 라니 도대체 누가 누굴 믿는다는 걸까요?

그녀는 그때까지도 동료B만 바라보고 있습니다.

샴 이야기 163

하루만 더

그녀는 그녀가 존재하는 이유가 나 때문이라고 말했다.

나는 '마음암'을 치료 중이다. 의도적으로 내 몸 안에 마음암을 발생시킨 후 얼마나 오랫동안 내가 살아남는지를 실험당하는 중이다. 나는 오늘을 포함하여 딱 하루만 더 살고 싶다. 살고 싶은 것은 생명체의 가장 기본 의무이자 욕구이므로 당연한 소망겠이지만 동물실험실에서는 당연하지가 않다. 언제 실험 용도가 변경되어 언제 날벼락을 맞을지 알 수 없기 때문이다. 나는 마음암이 내 몸에 탑재된 후부터 오래 살아남는 것에 대한 욕심을 버렸다. 그럼에도 나는 나를 실험하는 김 연구원을 딱 하루만 더 보고 싶다. 작금의 시대 마음암은 인간에게 발현될 수 있는 최고 난이도 암이자 최종적인 암이다. 마지막까지 치료되지 않고 있는 암이다. 마음암은 여타 암과 달리 암세포가 보이지 않는 특징이 있다.

때문에 유전자 항암치료나 표적 치료가 백약이 무효할 때가 대부분이다. 마음암의 두드러진 특징 중 하나는 사소한 털 한 올까지 손톱 발톱까지 몽땅 아프다는 것이다. 마음암은 몸체 중 어떤 곳에도 마음암 세포가 존재할 수 있다는 걸 증명이라도 하듯 어떤 곳이든 다 아팠다. 숨소리마저 고통스러웠다. 사료를 씹는 행위마저 고통스러웠다. 그렇게 딱 죽을 만큼 온몸이 다 아파도 딱 하루만 더 살고 싶은 이유, 내 건너편에서 마음암 실험 대조군 삶을 살아내는 그녀를 인지하면서부터다.

  마음암은 김 연구원이 실험쥐 유전자를 변형시켜 만들어 낸 암의 한 종류로, 인간들은 설마 마음에도 암이 올까 긴가민가했었다. 그럼에도 김 연구원이 실험쥐 유전자를 비틀어 마음암을 발현시키자마자 인간 사회는 삽시간에 들끓었다. 어떻게 그런 일이 있을 수가. 분명히 내 안에 존재하지만 꺼내 보여줄 수도 없고 증명할 수도 없고 만져지지도 않는 마음에 어떻게 암이 찾아올 수 있단 말인가. 인간들이 들끓은 이유는 단순했다. 실험쥐 유전자가 인간과 99퍼센트 유사하고 대략 1퍼센트만 다르다는 걸 익히 알기 때문이다. (물론 분석 방법에 따라 일치율은 달라지며 혹자는 85퍼센트 일치설, 98퍼센트 일치설, 99퍼센트 일치설 등을 주장하는데, 이는 인간이 과학과 의학과 함께 진화했듯이 실험생쥐 몸체도 덩달아 같이 진화했음을 고려하면 결코 과장된 수치가 아니다. 결론적으로 작금의 시대 실험생쥐는 인간과 99퍼센트 유전자가 일치하며, 예쁜꼬마선충 같은 벌레조차 자기들이 '40퍼센트의 인간'이라고 뻐기는 마당에 어쩌면 지금 동물실험실에 거하는 특정 실험생쥐에 한한 한 99.9퍼센트 일치할 수도 있다.) 따라서 실험쥐 유전자에서 마음암이 나타났다면 언제든 인간 몸에도 마음암이 나타날 수 있다는 유추가 가능했다. 다만 아직 마음암 실체를 목도하지 못했으므로 그 증상이나 원인에 대해서는 날이면 날마다 전 세계 연구실에서 수백 편씩 논문이 쏟아지면서 연구계와 의학계와 과학계를 몸살 앓게 했다.

다행인지 불행인지 마음암에 대한 유전자 변형 노하우는 아직까지는 김 연구원만의 특허다. 마음암 자체가 인간 질병 역사에서 일체 거론된 적 없던 병증이어서 마음암 유전자 변형 기술에 대한 특허를 신청했을 때 특허 신청 자체가 받아들여질지 말지를 놓고도 거의 한 달을 과학계와 의학계가 갑론을박하고 신청서를 퇴짜 놓고 다시 신청하고를 거듭했던 역사가 있던 만큼, 김 연구원은 마음암에 대한 어떤 비밀도 기술도 유출되지 않도록 단단히 감시해야만 했다. 나의 경우 내 몸뚱이 안에 마음암이 발현된 것은 알지만 그것이 어떤 암인지를 인간들에게 일러바칠 수는 없다. 나는 틀림없이 죽을 때까지 이 동물실험실 실험 케이지 안에만 거하게 될 테니까. 일반 인간들 사이에 결코 섞일 수 없을 테니까. 그런데 내 한 몸 병증으로 끝날 문제였다면 실험동물 공장에서 태어날 때 그랬듯 죽을 때도 나의 의지와 별개로 좀은 가볍

게 죽어갈 수도 있을 터였다. 그 와중에 내 눈앞에 그녀가 나타났을 때 나는 케이지 바닥이 조각조각 저 아래 끝없는 어둠으로 추락하는 기분이었다.

―왜, 나와 상관있어야만 하는 그녀가 생겨났을까.

인간의 동물실험 시스템이 '실험군―대조군'으로 세팅되는 관례 때문이더라도 너무 잔인했다. 나는 그녀에게 죄지은 기분이었다. 그녀는 그런 나를 바라보며 충고했다. 마인, 너는 니 병에만 집중해. 그게 니가 동물실험실에서 해 내야 할 너의 몫이야. 그럼 너는? 나는 그녀에게 반문했다. 그녀는 빙그레 웃었다. 얘기했잖아. 나는 마인 니가 애초 없었다면 이번 생 자체를 부여받지 못했을 거라고. 나는 마인 니 덕분에 이번 생을 부여받았어, 니 덕분에 한 번이라도 세상을 살아볼 기회가 주어진 거라고, 그러니까 너는 내 생명의 은인이야, 그러니까 너는 너의 병에만 집중해. 나는 그녀 말을 반은 이해하고 반은 이해하지 못했다. 하지만 한가지는 확실히 이해했다. 내가 살아야 그녀가 살 수 있다는 것, 김연구원이 어떤 연유이든 도중에 마음암에 대한 실험을 중단해서는 안 된다는 것.

인간들은 이미 대부분의 암을 극복했다. 도저히 극복 불가능해 보였던 무한 복제 무한 반복되는 암세포의 징글징글한 생존법을 파괴하는 방법을 찾아내고 말았다. 암세포 모든 종류, 즉 돌연변이 세포 모든 족보를 파악했고 돌연변이 세포를 정상 세포로 되돌리는 신의 함수마저 풀어냈다. 문제 풀이 과정에서 수많은 실험동물이 희생되었다. 그나마 대부분의 암이 극복되는 바람에 더는 암을 깨부수기 위한 방편으로 동물실험을 하지 않게 된 걸 천만다행으로 여겨야 했다. 하지만 암세포는 인간 손에 절멸당할 정도로 멍청하지 않았다. 인간들이 자신들 암호를 속속 풀어헤치자 암세포는 그들 나름 새로운 생존법을 찾아내었다. 기존 암세포는 눈에 잘 띄는 약점이 있었고, 덕분에 암세포가 정복되는 결과를 낳았다. 이에 암세포도 생각이라는 걸 하기 시작했다. 별스럽게 진화하자고 모의했다. 눈에 뜨이지 않는 암세포가 되기 위해 돌연변이×돌연변이×돌연변이... 같은 끝없는 곱하기 돌연변이 생존법을 선택했다. 결과 작금의 시대를 전후로 인간 몸에는 이유도 알 수 없고 진단도 불가능한 각종 암이 새로 생겨나기 시작했는데, 인간 세포 하나에 서로 다른 신종 암세포가 하나씩 생겨났다고 추정하면 맞을 것이다. 인간 세포가 대략 72조 개라고 친다면 72조 개 신종 암이 출현한 것이다. 신종 암이 세포마다 각자 다른 종류 암세포로 발현되자 인간 사회는 공포에 질렸다. 어떤 치료법으로도 약으로도 그 신종 병증을 치료할 수 없었다. 무엇보다 기존 암세포들이 인간 장기를 모세포로 삼아 폭발적인 증식을 거듭했다면, 신종 암세포는 독립적으로 발생하며 암세포 자신을 투명 처리하는 기법을 개발했다. 눈에 보이는 적은 눈에 보이지 않는 적보다 물리칠 가능성이 높다. 그런데 눈에도 안 보이는 암세포라니. 그동안 김 연구원이 현미경 아래 신종 암세포를 가둬 두고도 신종 암세포 증거를 발견하지 못한 이유이기도 했다.

 암이 정복되었음에도 한동안 인간들은 계속 아팠다. 일각에서는 지나치게 개별화 기계화 지능화 정보화된 인간 삶 자체가 서로 교차 반응을 일으키며 알 수 없는 신종 병증을 일으킨다고 분석했고, 일각에서는 아무리 그렇더라도 인간 몸 안에서 일어나는 현상이라면 못 잡아낼 이유가 없다고 비난하기도 했다. 지난 2003년 인간 유전체 프로젝트가 완료된 후 대략 일백 년 이상 세월이 흘렀는데 그 정도를 못 잡아낸다면 연구원이든 과학자든 의학자든 직무 유기하는 거라고 질타했다. 전 세계 연구실에 비상이 걸렸다. 김 연구원은 인간 디엔에이 중 약 98퍼센트에 이르는 디엔에이가 정크디엔에이(junk DNA)임에 주목했다. 그동안도 정크디엔에이에 집중한 연구원은 많았다. 일설에 따르면 정크디엔에이는 오랜 옛날부터 오늘날까지 인간이 호모사피엔스로 진화하는 과정에서 여러 파충류나 세균류나 식물류나 영장류에게서 빌려 쓰거나 섭취해 습득한 다양한 유전자 중 현재는 쓰이지 않게 된 유전자들이 휴지기에 들어간, 버려지다시피 한 디엔에이라고 정의했다. 김 연구원은 일각의 정의가 미덥지 않았다. 인간 몸에 쓸데없는 디엔에이가 그렇게나 많다고? 인간 몸이, 인간을 창조한 그분이, 그렇게 허술한 설계를 했다고? 김 연구원은 인간 몸에서 필요 없는 조직은 없다고 믿었다. 그런데 우연히 정크디엔에이를 나노현미경으로 관찰하던 중 유령 세포를 목격했다.

김 연구원이 새로 발견한 모종의 세포를 유령 세포라고 지칭한 이유는 실제 김 연구원 눈에는 그 세포가 보이지 않았지만 물리적으로 어떤 존재가 정크디엔에이 안에서 활발하게 돌아다니는 족적이 보였기 때문이다. 정크디엔에이 안의 세포막은 물론이고 미토콘드리아, 물, 이온, 작은 유기 분자, 단백질, 골지체, 립소체, 내포체, 플라스틴 따위가 수시로 바람 맞는 나뭇잎들처럼 제멋대로 쏠렸다 밀렸다 되돌아오기를 반복하고 있었는데, 그 '바람'에 해당되는 녀석이 유령 세포였던 것이다. '바람'은 기존 알려진 세포 활동 패턴과는 확연히 다른 족적을 남기고 다녔다. 김 연구원은 동료들에게 유령 세포를 발견했다고 알리지 않았다. 미친놈 소리 듣기 딱 좋았기 때문이다. 연구실에서는 모든 발견과 움직임과 현상이 절대적으로 일정 부분 연구에 영향을 미치며, 우연마저도 결코 우연히 일어나지 않는다는 걸 모두가 안다. 그럼에도 대다수 연구원들은 눈에 보이지 않는 어떤 새로운 움직임이 있다는 이유로 거기 연구원들이 모르는 새로운 세포가 존재한다고까지 유추하지는 않았다. 이미 검증되었고, 눈에 보이는 현상에는 맹목적으로 매달리면서도 눈에 보이지 않는 이면에 나타나는 현상까지는 숙고하지 않는 현상은 과학 진보를 저해하는 주요 원인이었지만 대다수 연구원들은 빨리 손에 잡히는 결과를 위해, 소소한 상상력 따위 렛트에게나 줘버려, 라며 지나쳤다.

김 연구원은 달랐다. 김 연구원은 유령 세포를 증명해 내고 싶었다. 세상에 존재하는 모든 것은 다 존재 이유가 있다. 다만 인간이 아직 그 존재 이유를 못 찾았을 뿐. 김 연구원은 정크디엔에이 안에 분명 어떤 존재가 있으며, 그 존재가 최근 도무지 정체와 원인을 밝혀내지 못하는 72개 조에 이르는 신종 병증과 신종 증상에 영향을 미치는 게 아닐까 상상했다. 상상까지는 그나마 수월했다. 상상을 사실로 바꾸고 증명하는 일은 마치 새로운 세포 하나를 창조하고, 창조된 세포를 성공적으로 배양 증식해서 인간 몸에 이식한 뒤, 죽이지 않고 끝까지 살려 세포가 정상적으로 살아가는 과정을 재현하는 것과 다름없는 고되고 지난한 과정과 시간과의 싸움이었다.

마음암 발견은 정크디엔에이부터가 시작이었다. 남들은 쓸모없는 세포라고 무시하는 쓰레기 세포에서 시작했다. 김 연구원은 인간 정크디엔에이를 실험쥐에 이식했다. 정크디엔에이가 실험쥐 몸에서 어떻게 살아내고 어떤 작용을 하는지를 추적했다. 마침내 김 연구원은 실험쥐 몸에서 꿋꿋이 살아내던 정크디엔에이에 모종의 공간이 생긴 것을 발견했다. 모종의 공간은 나노현미경으로 보아도 나노나이프로 잘라도 거의 존재를 느낄 수 없을 만큼 작고 작았으나 분명 이전 정크디엔에이에서는 보이지 않던 공간이었다. 인간 몸에는 나노밀리 크기 공간조차 거저 존재하는 게 아니다. 빈 공간조차 다 존재 이유가 있다. 공간은 살아 있는 세포처럼 이리저리 장소를 옮겨 다녔다. 정크디엔에이 안에서만 옮겨 다니는 게 아니었다. 간세포나 시신경 세포나 심지어 뇌세포에까지 너울너울 옮겨 다니며 족적을 남기기 시작했다. 김 연구원은 공간들이 남기고 떠난 족적들을 찾아다녔다. 족적들이 나타났다 옮겨진 지점에 어떤 변화가 생기는지를 면밀하게 관찰했다. 그 결과 실험쥐 몸속에 공기 방울 같은 새로운 세포가 자라나고 있음을 발견했고, 공기 방울 세포는 쪼개보아도 안이 텅 비어 있었다. 그럼에도 분명 살아서 움직이고 세포 분열하고 여기저기 실험쥐 몸속에 포도송이 같은 공기 방울 군락을 형성하기 시작했다. 공기 방울 세포는 번식 속도가 암세포 못지않았다. 공기 방울 세포는 질량도 무게도 없어 보였다. 공기 방울 세포가 증식된 실험쥐 몸무게는 거의 변화가 없었다. 나노 단위 차원의 그램 수 변화가 관찰되기는 했지만 그 정도 변화는 실험쥐가 숨 한 번 더 쉬었느냐 안 쉬었느냐 차이 정도였으므로 무시해도 좋을 만했다.

"마인, 너 뭐하냐?"

그즈음 김 연구원은 공기 방울 세포에 감염된 실험쥐가 뜬금없는 행동을 한다는 것을 발견했다. 대부분 실험쥐는 실험 케이지로 제한된 공간과 삶에 적당히 적응한다. 케이지로부터 도망치려는 유전적 본능은 남아 있지만 그나마 주어진 실험 환경에 적응하지 못하면 죽음뿐이라는 걸 후천적 본능으로 체득하고 있다.

따라서 대부분 실험쥐는 김 연구원이 케이지 뚜껑을 열고 실험쥐 몸 상태를 여기저기 체크하는 동안 주인 말 잘 듣는 반려동물처럼, 또는 공포에 질린 포획된 생명체처럼 잔뜩 움츠리거나 얌전히 자리한 채 케이지 안에서 기다린다. 그런데 처음 공기 방울 세포가 생긴 실험쥐1은 특이했다. 케이지 뚜껑이 열리자마자 기다렸다는 듯 몸을 쭉 늘려, 김 연구원이 보기에는 고무줄처럼 최대한 엉덩이와 머리통 사이 간격을 잡아 늘려, 케이지 밖을 두리번거리고, 심지어 앞발을 들어 케이지 밖 공기를 만져보는 듯한 잼잼 행동을 했다. 마치 달리는 차 안에서 창문을 열고 손만 내밀어 찰지게 뒤로 밀리고 앞으로 끌려오는 공기의 살결과 저항을 쥐었다 폈다 쓰다듬다 하며 즐기는 것처럼. 김 연구원이 그렇게 유추한 데는 실험쥐1 표정이 한몫했다. 실험쥐1은 난데없이 눈까지 살포시 감고 턱을 한껏 치켜든 채 주삿바늘 같은 콧방울을 벌름거리며 손짓으로 공기를 앞뒤로 위아래로 밀고 당기며 가지고 놀았다. 새싹 같은 작은 두 귀도 한껏 눕혀 젖힌 채였다.

동경.

영감처럼 단어 하나가 치고 들었다. 김 연구원 머릿속에 자동으로 뒷산 풍경이 재생되었다. 김 연구원은 동물실험이 잘 진척되지 않을 때마다 뒷산으로 향했다. 뒷산에 해답이 있는 양 기를 쓰고 헉헉 올라갔다. 뒷산에는 특유의 뒷산 공기가 있고 사람들이 있었다. 공기 방울 세포 따위 알 바 없는 사람들이 강아지를 데리고 산책하고, 쌍쌍이 데이트하고, 엄마 아빠와 아이가 풀꽃 반지를 만들고, 처연한 봄 햇살 한가운데 벤치에서 책을 읽거나 노트북을 펼치고 있었다. 그때마다 김 연구원은 문득 생각했다. 나도 저 사람들 틈에 낄 수 있을까. 작금의 시대 한국 과학계는 스톱모션 상태다. 세월 흐름에 따라 연구에 필요한 기기와 시약 따위는 상상을 초월할 정도로 업그레이드되었지만 연구 환경은 인간 유전체 구조가 해독되던 때와 엇비슷하다. 무엇보다 인간 수명 한계와 질병이 대부분 정복된 탓에 기초 과학에 돈 쓰는 걸 특히 아까워했다. 김 연구원은 지금도 실험쥐와 같은 공간에서 새우잠 자며 동물실험을 한다. 남들만큼만 살고 남들만큼만 행복하기를 원했다면 연구 쪽으로는 눈길도 주지 말았어야 했나. 김 연구원은 그 '남들처럼' 뒷산 공기를 제대로 느껴보기 위해 눈을 감고 두 손을 머리 위로 들어 가만가만 공기를 쥐었다 풀었다 잼잼을 해보았다. 공기를 앞뒤로 밀어도 보고 당겨도 보고 눈을 살며시 감고 코를 벌름거려도 보았다.

오늘도 뒷산에 갔다 온 모양이네?

종종 김 연구원은 내 실험 케이지 뚜껑을 열어놓고 멍때리곤 했는데, 그때마다 김 연구원 가운에서는 낯선 공기 맛이 풀풀 났다. 들고 있는 주삿바늘 끝에서는 뚝뚝 약 방울이 새어 떨어지기도 했다. 그런 날이면 억울하게 나는 두 번이나 주삿바늘에 찔려야 했다. 오랜 시간 동물실험실에서 김 연구원을 지켜본 나는 안다. 김 연구원에게 한순간 한 시간은 그냥 순간과 시간이 아니었다. 어쩌면 노벨상을 발굴해 낼지도 모를 절체절명 순간이자 시간이었다. 김 연구원은 공기 방울 세포에 감염된 실험쥐1의 뜬금없는 행동을 마주하고 뜬금없이 자신 모습을 소환했다. 희미한 교집합이었지만 놓칠 김 연구원이 아니었다. 행동도 유전된다. 실험동물 농장에서 태어나서 동물실에서 죽어 나가는 실험쥐들이 실험 케이지 안에서조차 선대가 물려준 도망치는 본능을 잃지 않는다는 것이 그 유력한 증거다. 뒷산의 '동경'에서 촉발된 김 연구원의 상상력은 여느 때보다 선명했다. 실험쥐1의 뜬금없는 행동은 유전적인 걸까, 우연히 나타난 돌발적인 행동일까. 실험 케이지에 갇혀 일생을 보내는 실험쥐는 그 행동 하나하나마저 치밀한 연구 결과이지 결코 우연이나 맥락 없는 행동은 아니다. 실험쥐1 행동은 김 연구원의 연구원 본능을 자극했고, 김 연구원은 곧장 공기 방울 세포를 채집했다. 배양 접시에 배양했다. 여전히 속도 없고 눈에도 보이지 않지만 공기 방울 세포는 분명 무섭게 증식 중이었다. 배양 접시에서 먹이들이 순식간에 사라지는 걸 보면 알 수 있었다. 김 연구원은 이들 세포를 '유령 세포'라고 이름 붙였다.

상상력은 전속력으로 내달렸다. 유령 세포 역할이 규명되면 실험쥐1의 뜬금없는 행동도 자동 해석될지 모른다. 유령 세포는 그 이름답게 어쩌면 일차원적인 세포 기능에만 머물지 않고 삼

차원 사차원적인 다시 말해 여태 연구된 적 없는 모종의 특수기능을 담당할지도 모른다, 특히 특정 행동이나 생각이나 동경이나 부러움 같은, 과학적인 실험과 연구로 증명되기 어려운 것들의 모체일 수도 있다. 연구원 본능은 즉시 새로운 논문 제목을 상정했다. '다른 케이지의 삶을 동경하는 실험쥐 몸에 나타나는 유령 세포의 역할과 유령 세포로 인한 신체 행동 변화 및 유령 세포와 행동 유전 간의 전이 관계를 밝히기 위한 실험'을 위해 쌩쌩한 실험쥐2와 3이 순서대로 동물실험실에 입방되었고, 반복 실험 끝에 마침내 유령 세포를 다량 함유한 새로운 유전자 변형 실험동물인 나 '마인'이 탄생되었다. 목적지를 정하고 출발하는 연구는 그나마 길 찾기가 조금 쉽다. 김 연구원은 나의 실험을 세팅하면서 유령 세포 역할을 가정했다. 확실히 이거라고 형체를 들이밀 수는 없지만 분명 존재하는 '그것', 실험쥐 마음속에 암세포처럼 증식되어 가는 '그것'이 아마도 유령 세포의 최종 역할일 거라고.

가정은 사실이 되었다. 놀랍게도 나는 우측 케이지에 거하는 실험쥐 삶이나 좌측 케이지에 거하는 실험쥐 삶을 부러워하고 따라 하고 동경하기 시작했다. 당연히 내 몸속에는 유령 세포가 주렁주렁 증식되고 있었고. 내 우측에는 그네를 반복적으로 타는 실험쥐가 거주한다. 그네를 반복적으로 탔을 때 일어나는 몸과 마음 변화를 확인하기 위한 실험에 동원 중인데, 어느 날 나는 뜬금없이 그네 타는 행동을 따라 하기 시작했다. 누가 시킨 게 아니었다. 내가 거하는 케이지에 그네가 있을 리 만무했으므로 나는 물통 꼭지에 대롱대롱 매달렸다가 사료통 쪽으로 훌쩍, 훌쩍, '그네뛰기'를 시작했다. 내 좌측에는 벨을 누르는 실험쥐가 거주한다. 벨을 얼마나 자주 어떤 간격으로 자주 누르면 특식이 나오는지를 실험 중인데, 벨 누르는 실험은 바로 어제 세팅되었다. 그런데 나는 좌측 실험쥐처럼 갑자기 앞발로 바닥을 톡톡 누르는 특정 행동을 복사 붙여넣기 시작했다. 나는 깜짝 놀랐다. 대개는 눈앞에서 어떤 동료가 하품이라든가 입술을 삐죽거리든가 같은 특정 행동하는 걸 자주 또 오래 보게 되면 자동으로 따라 하기는 한다. 하지만 바로 어제 세팅된 벨 누르기 행동을 그대로 따라 하다니. 그렇다고 우측 실험쥐나 좌측 실험쥐가 나한테 자신들 행동을 대놓고 광고하거나 인스타질하지도 않았다.

"마인, 너 이마에 그게 뭐냐?"

하지만 좀 더 확실한 과학적 근거가 필요했다. 그즈음 내 눈과 눈 사이에 작은 혹이 하나 생겨났다. 나는 벨 누르기 동작을 열심히 따라 하는 중이었다. 김 연구원이 나를 케이지에서 꺼냈다. 내 이마에서 혹 조직을 떼었다. 아프지도 않았다. 그새 나는 또 정신이 딴 데 팔려있었다. 이번에는 윗동네에 거하는 실험쥐 행동을 따라 하려던 참이었는데, 침을 뱉는 실험쥐였다. 나는 윗동 실험쥐처럼 침을 뱉어서 내 케이지 사료통에 있는 두 번째 사료 알갱이를 정통으로 맞추려던 참이었다. 나는 퇴, 기세 좋게 침을 뱉었고, 김 연구원이 동시에 혹 조직을 떼었고, 그 바람에 방향이 약간 비틀린 침이 내 건너편에 거하는 '그녀' 미간에 정통으로 떨어졌다. 나는 그녀에게 곧장 사과하고 싶었지만 김 연구원은 곧장 나를 원위치시키고 동물실험실을 나가 버렸다. 김 연구원이 내 혹을 떼는 동안 잠시 해부대 위에 놓여 있다가 선반으로 원 위치된 내 케이지는 그녀 케이지와 멀어도 너무 멀리 떨어져 있었다. 그녀 케이지는 해부대와 가까웠고 그녀와 나 사이에는 방 하나 크기 공간이 끼어 있었다. 안절부절 두 번째 침을 입안 가득 문 채 수염만 쫑긋거리는 나를 보며 그녀가 미간을 문지르다 말고 웃었다.

—난 괜찮아. 넌 어떠니? 이마는 안 아파?

김 연구원의 강력한 짐작대로 내 이마 혹은 유령 세포 집합체였다. 내 몸속에서 증폭을 거듭하던 유령 세포는 마침내 몸 밖으로까지 진출을 시도하기 시작했다. 결국 김 연구원이 유령 세포를 이겼다. 마침내 유령 세포 정체가 드러났다. 내 혹 조직에서 축출한 분자들과 김 연구원이 뒷산 공기를 '동경'해 우왕좌왕하던 때의 혈액에서 축출한 분자들을 비교하자 놀라운 일이 벌어졌다. '동경'이라 짐작되는 일정 분자들이 완벽히 일치한 것이다. 김 연구원은 '동경' 분자들만 따로 뽑아 다시 증식시켰다. 그런데 '동경' 분자들은 어떤 징후도 없이 이유도 없이 홀라당 뒤집히기도 잘했다. 세포는 언제든 뒤집힐 수 있다. 달라질 수 있다. 그것이 생명체의 가장 큰 특징이자 변수이다. 정상 세포에서 뒤집힌 돌연변이 암세포가 그 강력한 증거이며 세포가 뒤집힐 경우, 최악에는 그 세포 주인이 목숨을 잃을 수도 있다. 평소 건강 관리를 퍼펙트하게 해 오던 사람이 갑자기 말기암에 걸려 죽음에 이르는 경우도 세포가 갑자기 변덕을 부려 뒤집혔다고밖에 생각할 수 없다. 결국 내 혹에서 증식된 '동경'은 뒤집힌 채로 다시 증식되기 시작했다. 동경은 긍정적 행동양식에 속하지만 동경의 반대인 비난, 시기, 질투 따위는 부정적 행동양식에 속한다. 내 몸속에서 시기, 질투, 비난, 절망, 자존감 저하, 자기 비하 따위가 마구잡이로 증식되었다. 실제로 내 몸속에 유령 세포가 지천이었을 때 나는 침 뱉기가 내 맘대로 되지 않자 극도로 화가 치밀었다. 즐겨 표적이 되어 주던 사료통을 엎어버리고 물통을 물어뜯었으며 케이지를 발로 찼다. 냅다 주먹을 휘둘러 케이지 벽에 금을 냈으며 옆 케이지 실험쥐에게 내 똥오줌 범벅인 베딩을 마구 내던졌다. 욕을 했고 쉴 새 없이 고함 질렀고, 목에서 피가 났다. 내 꼬리를 짓씹기 시작했으며 내 눈알을 파기 시작했다. 저 멀리 반대편에서 그녀가 나처럼 쉬지 않고 비명 질러주었고, 출장 중이던 김 연구원이 급히 불려 오지 않았다면 어쩌면 나는 내 목을 내 꼬리로 친친 결박한 채 나를 목 졸라 버렸을지도 몰랐다. 다른 실험동물이 죽어 나자빠지든 지랄발광하든 일체 다른 연구원 실험동물은 간섭하지 않는 게 동물실험실 법칙이었으므로.

그 사건 이후 한동안 나는 색다른 주사를 맞았다. 나는 얌전해졌고, 사지 결박도 풀렸다. 김 연구원은 내 행동을 차근차근 인간 언어로 번역했다. 유령 세포에 과다 감염된 실험쥐는 갑작스레 자존감이 낮아지며 남의 행동을 따라 하거나 따라가고 싶어 하는 전형적인 루저형 행동양식을 보이다가, 동경이 좌절되거나 역으로 뒤집히기라도 하면 감정의 극단을 보인다고, 유령 세포에 감염된 실험쥐가 사방이 제한된 실험 케이지 안에서 이 정도 극단적 행동양식을 보인다면, 만약 인간에게 유령 세포가 전이되었을 때는 심각한 사회문제로 야기될 수도 있을 거라고. 그런데 김 연구원이 인간 언어로 번역해 낸 나의 행동들은 현재 개인화 정보화 기계화 지능화 되어버린 인간 사회에서 전반적으로 나타나는 특이 현상과도 사뭇 닮아 있었다. 나는 99퍼센트의 인간이었으니까.

김 연구원은 '다른 케이지의 삶을 동경하는 실험쥐 몸에 나타나는 유령 세포의 역할과 유령 세포로 인한 신체 행동 변화 및 유령 세포와 행동 유전 간의 전이 관계를 밝히기 위한 실험'의 논문 결말을 미리 썼다. 유령 세포 집합은 인간 마음을 사악하게 집어삼키는 마음암의 원흉임이 밝혀졌다, 고 썼다. 네비게이션에 목적지를 미리 입력하고 출발했으므로 길 찾기는 수월했고 속도도 났다. 마침내 김 연구원이 마음암에 대한 최초 논문을 『네이처』에 기고했을 때 인간들은 설왕설래했다. 김 연구원이 콕 짚은 마음암 행태가 다양한 행동양식으로 이미 인간 삶에 뿌리 깊게 기생하고 있음을 여러 각도(경멸, 왜곡, 거짓말, 시기, 질투, 투서, 자살, 폭력, 학대, 자기 비하, 가스라이팅, 스토킹, 관종, 관음증, 사이코패스, 사디즘, 쇼셜 미디어 의존, 컨슈머리즘과 브랜드 의존, 정보 과부하와 짧은 주의력, 스마트폰 중심 생활, 인공지능과의 갈등, 은둔형 방콕족 심화 등등)에서 확인하게 되었고, 최종적으로 마음암은 새로운 암 종류로 등재되었다. 김 연구원은 마음암에 대한 특허를 취득했다. 이제 마음암에 대한 모든 권리 행사는 김 연구원을 통해야만 가능했다. 하지만 병을 발견한 것만으로는 돈이 되지 않는다. 인간에게 새로운 불안만 떠안긴 채 병을 치료할 어떤 방법도 약도 제공하지 않는다면 앞으로 그나마 연구원 생활도 보장받을 수 없다.

"마인, 오늘 컨디션은 어때?"

나는 침 뱉기를 따라 하다가 해부대 근처에 살고 있는 그녀를 목도한 이후, 그녀와 말을 텄다. 하지만 운명은 잔인했다. 불행히도 그녀는 나의 실험 대조군이었다. 그럼에도 여태 나는 그녀를 인지하지 못한 채 살고 있었다. 나중에야 알았지만 김 연구원의 치밀한 의도였다. 김 연구원 걱정과 달리 나는 어제도 오늘도 특이 사항 없이 잘 지내고 있다. 김 연구원이 안경알 속 눈알을 껌벅거리는 게 보였다. 이상하다, 분명 어제 주사한 약이 마인의 행동이나 말투나 하루를 싹 바꿔 놓아야 하는데, 그런데 왜 저렇게 태연하게 잘 지내는 거지. 김 연구원의 껌벅이던 눈알이 내 시선을 따라왔다. 김 연구원이 나의 그녀 '주제'를 보았다. 주제는 '주제 파악'의 줄임말이다. 주제는 암컷 실험쥐면서 자신 역할이나 상황을 똘똘하게 파악하는 능력이 탁월했다. 김 연구원식으로 번역하자면 감정 굴곡은 다양하지만 그럼에도 주제 파악을 잘하는 암컷 실험쥐란 뜻이다. 김 연구원 시선이 멈칫했다. 나는 뜨끔했다. 마인은 어제도 오늘도 눈 뜨자마자 주제에게 시선을 고정시키고 있던데, 그렇다면 마인은 아직 마음암이 그대로란 얘긴가? 그렇다면 오늘 또 새로운 약을 주사해야 하는 걸까? 아니면 하루이틀 더 반응을 지켜본 다음에 다른 약을 주사해야 할까? 내 눈에 김 연구원 표정이 빤히 읽혔다. 틀림없이 나를 두고 그렇게 갈등 중일 것이었다. 나의 한계 수명이 오늘내일하기 때문이다. 김 연구원이 나에게 확실한 마음암 유전자 변형을 유도하기까지 시간이 좀 걸렸다. 보통 실험쥐 수명이 2,3년이니까 나는 오늘로써 꼭 3년을 살아낸 셈이고, 이제 정말 시간이 없다. 그럼에도, 김 연구원이 내 몸 안에 마음암을 강제로 발현시켜 심장이며 간이며 대부분 주요 장기에 유령 세포가 주렁주렁 매달렸음에도, 나는 이상할 정도로 심신이 평온했다. 머리통 밖에까지 유령 세포가 진출해 혹을 열댓 개나 달고도 이상할 정도로 오래 사는 중이었고. 김 연구원 입장에서는 실험동물이 오래 살아주고 오래 버텨주는 건 고마운 일이겠으나(실험동물 구매할 연구비가 절약되므로) 너무 오래 사는 생명체는 필연적으로 노화암을 일으키므로 마음암 실험 중인 내 입장에서는 절대 일어나서는 안 되는 비극이었다. 나에게 노화암까지 겹친다면 마음암에 관한 한 순수 결과를 기대할 수 없기 때문에 나는 즉시 마취통 행이 될 테니까.

김 연구원이 주제를 꼼꼼히 관찰했다. 나는 또 뜨끔했다. 김 연구원이 중얼거렸다. 혹시 주제 때문에 한계 수명을 넘겨 살아내는 중인가? 김 연구원은 고개를 저었다. 그럴 리가 없어, 그런 가능성이 생길까 봐 주제를 대조군으로 투입했는데, 주제넘게 엄중한 실험 중인 마인을 혼란에 빠지게 할 주제가 아니었기에 대조군으로 선택된 것이었는데... 실험군이 수컷일 경우 보통은 같은 수컷을 대조군으로 선택하지만 마음암 실험에서만큼은 대조군이 암컷이어야 했던 이유는 확실했다. 대조군이 감정이 풍부할수록 마음암 환자에게는 동경하고 따라 하고 질투하고 시기해야 할 행동 양상이 많아지는 것이고, 마음암 실험 결과도 확실하게 드러날 것이었다. 따라서 주제는 나의 대조군으로서 필연적 선택이었다. 김 연구원이 낮게 신음했다. 그럼에도 혹시 마인이 주제에게 마음이 생겨버린 걸까?

김 연구원이 치열하게 나와 주제를 저울질하는 중에도 나는 주제와 눈빛으로 대화를 주고받았다.

−주제, 오늘도 딱 하루만 더 살고, 내일도 딱 하루만 더 살고, 그러면 된다는 거지?

—응. 사는 게 별건가, 하루하루가 모아지면 사는 게 되는 거지. 나는 마인 너 때문에 존재하는 생명체야. 그것만 잊지 않으면 돼.

—좋아, 그럼 우리 내일 다시 만나. 내일도 하루만 더 살아낼 거니까, 주제 너도 내일 다시 꼭 만나줘야 해.

—응, 잘 자고 내일 봐.

나의 내일인 그녀, 주제가 베딩 속으로 자러 들어갔다. 김 연구원도 연구실로 돌아갔다. 나는 어제 맞은 주사 덕분에 심장 세포가 차례차례 이지러지는 걸 느꼈지만, 주제가 걱정하지 않도록 끝까지 웃음을 내려놓지 않았다. 나의 실험이 중단되면 주제의 삶도 중단된다. 그러니 내가 어찌 딱 하루만 더 안 살 재간이 있겠는가. 설사 심장 세포가 다 이지러진다 해도 나는 살 것이다. 다음 날도 나는 딱 '하루만 더'하며 눈을 떴다. 나는 건너편 주제에게 지난밤 잘 잤느냐고 인사하려고 했다. 김 연구원이 동물실험실 문을 열고 들어섰다. 주사기를 들고 있었다. 주사기 대롱 색깔이 어제와 달랐다. 오늘은 또 다른 주사를 맞아야 할 모양이구나. 주제가 낌새를 눈치채고 내 눈빛을 붙들었다. 마인, 어제보다 힘든 하루가 되겠구나. 그래도 포기하고 싶을 때마다 나를 생각해 줘. 김 연구원은 현재 나에게 마음암을 일으켰던 상황과는 반대로 마음암이 더는 포도송이를 주렁주렁 매달지 못하게 면역 억제 치료법을 시행 중이었다. 덕분에 주사만 맞으면 나는 혼수

상태에 빠졌다. 내 몸 모든 면역세포가 미쳐 날뛰며 주인인 내 몸 조직을 사방팔방 공격했기 때문이었다. 김 연구원은 내 몸 안 면역세포들을 충동질해 유령 세포를 터트려 버릴 작정이었다. 김 연구원은 모든 병이 몸 안에서 비롯되었듯 모든 치료제도 몸 안에 있다고 굳게 믿었다. 김 연구원이 주사기를 깊이 찔러 넣었다. 현재 나에게 있어 주사 실험은 하루만 더 사는 확실한 방편이기도 했으므로 반항하지 않고 주삿바늘을 받아들였지만 이번 주사는 특히 더 아팠다. 급기야 손톱 발톱까지 아리기 시작했다. 온몸을 덮은 털끝마다 통증 전구를 대롱대롱 달아 점화시킨 것처럼 통증이 동시에 온(on) 되었다. 나는 주제를 보았다. 주제를 생각하며 견디려고 했다. 그런데? 김 연구원이 주제의 실험 케이지를 열었다. 뭐 하는 거지? 주제는 마음암 따위 모르는 생명체다. 주제는 평범한 일반 실험쥐다. 주제 몸뚱이를 해체하고 갈라봤자 김 연구원은 하등 얻을 게 없다. 그런데 왜? 주제가 김 연구원 손에 끌려 나가면서 내 시선을 찾았다. 눈에 시뻘건 숯을 집어넣은 듯 눈알이 타들어 가기 시작했지만 나는 눈감지 않으려 기를 썼다. 주제가 내 눈 속에서 불덩어리에 먹혀들어 갔다. 나는 김 연구원에게 간절히 부탁하고 싶었다. 더 열심히 주사 맞고 더 오래 아플 테니까 주제를 제발 놔주세요. 어떻게든 통증으로 녹아내리는 혀를 움직여 주제에게 당부하고 싶었다. 주제, 주제는 나의 내일이야, 부디 딱 하루만 더 내일이 올 거라고 말해줘. 주제는 동물실험실 밖으로 끌려 나갔다. 나는 혼수상태 직전 김 연구원 목소리를 들은 것 같았다.

"다른 마음이 생긴 이상 마음암 실험을 계속할 이유가 없지, 다른 쌩쌩한 실험동물도 지천인데."

주제 소망대로 내가 딱 하루만 더 살면 그 하루에 나는 어쩌면 마취통 행일지도 모른다. 그럼에도 주제가 무사히 동물실험실 해부대 근처 선반 위로 돌아오는 걸 지켜보고 싶다.

꿈을 설계합니다

그곳에 바다가 있었다. 나는 늘 같은 바다를 향해 가는 것 같았다. 바다는 시외버스를 타고 한참 간 뒤에 내려서 걸어가야 있었다. 갈 때마다 시외버스 터미널은 복잡했고 버스들은 끝도 없이 서 있었고 날씨는 몹시 건조하거나 타는 듯이 더워서 버스 엔진 소음에도 흙먼지와 모래 먼지가 풀풀 올라왔고 버스 꽁무니마다 버스 몸체마다 먼지와 오물 때가 덕지덕지했고 내가 타야 하는 버스는 항상 마지막까지 보이지 않았고 그럼에도 나는 버스마다 번호를 확인하고 거쳐서 결국에는 내가 타야 할 버스가 당도하는 정류장 표식 앞에 서서 기다리다가 버스를 타는 것이었다. 이윽고 버스에서 내려 걸어가는 길에는 늘 같은 언덕이 있었고 언덕에는 내가 전혀 보지 못했던 들꽃들이 하늘하늘 흔들리었다. 잠자리인가 예쁜 날 것들도 있었고 하늘에는 파란색과 하얀색 구름이 있었다. 그 대비만으로도 나는 내가 가는 바다가 행복한 바다이며 내가 끝내 가고 싶어 했던 장소임도 알 수 있었다. 다시 나는 어떤 산길을 걸었다. 산은 높기도 하고 깊기도 하고 간간이 계곡도 무시무시하게 파여서 자칫하면 발이 빠지거나 몸이 빠져 죽을 수도 있는 길이었다. 그럼에도 나는 오래전부터 오고 간 길인 듯 그 산길을 휙휙 갔다. 산길 도중에 마을 같은 것도 보였다. 마을에는 판잣집 같지만 가난해서 지은 판잣집이 아니라 멋으로 지은 것 같은 판잣집이 보이고, 판잣집이 늘어선 길가를 따라 도랑 같은 게 흐르고 어떤 판잣집에는 내가 아는 사람들이 살았다. 여동생이었다. 그토록 보고 싶었고 만나고 싶었던 여동생이 뜬금없이 거기 판잣집에 살았다. 제부 같아 보이는 사람도 있었지만 말이 없었다. 나는 판잣집 창문을 통해 그 안에서 움직이는 여동생을 목메어 불렀다. 내 목소리는 음 소거되었는지 여동생이 듣지 못했다. 여동생은 창문 안에서 분명 살아서 움직였지만 나를 돌아보지는 않았다. 나는 애가 탔지만 어쩔 수가 없었다. 갈 길이 먼 것 같았고 판잣집 거리를 떠나 다시 걸어갔다. 그러자 언젠가 온 것 같은 외딴 마을이 나타났다. 마을 사거리에는 사람들이 오고 가고 벼룩시장도 열렸다. 나는 습관처럼 벼룩시장에 들러 이런저런 물건들을 구경하고 옷도 몇 개 샀다. 여동생에게 줄 옷도 샀다. 그 사이 날이 저물려 해서 서둘러 걸었다. 또 강 같은 곳이 나타났고 내가 어쩌지 못해 우왕좌왕하자 사람들이 태연히 맨발로 강을 건너갔다. 나도 따라 건너갔다. 강을 건너자 다시 언덕이 나타나고 언덕을 중심으로 한쪽은 도심 마을로 한쪽은 숲길로 이어졌다. 그런데 나는 항상 그곳에서 숲길을 선택하는 것이었다. 숲길은 한없이 길고 깊게 이어졌고 나는 그 길이 영원히 끝나지 않을 것 같은 두려움을 느꼈다. 그럼에도 뒤로 돌아가기는 이미 불가능해서 나는 계속 앞으로 나아갔다. 어디선가 집 비슷한 모습이 보였다. 반가워서 다가갔더니 어떤 사람들이 있었는데 내가 아는 사람들 같기도 하고 아닌 것 같기도 했다. 그중 어떤 사람이 가꾸는 마당 정원에 또 이름 모를 꽃들이 낭창낭창 흔들거려서 한참 붙들려 있었다. 피곤해서 그 집에서 쉬어가고 싶었지만 그 집 주인도 나를 아는 것 같았고 나도 언젠가 이 집에서 살았던 것 같았지만 나는 아직 갈 곳에 다다르지 못했다는 생각에 다시 길을 나섰다. 다시 산이 보였고 다시 돌로 가득 찬 언덕이 보였고 나는 자꾸 발이 미끄러지는 돌산과 돌 언덕을 어찌어찌 올라서 결국에는 꼭대기까지 올랐다. 마침내 그것이 보였다. 눈앞에 아련하게 뜬 바다. 바다는 너무 깊고 넓어서인지 내가 언덕 꼭대기에서 바라보는데도 바다의 이마는 내 머리 위를 한참 넘어서까지 출렁거렸다. 바다는 안쪽으로 깊이 들어온 호수 같은 모습이었는데, 세상의 끝인 듯, 낙원에의 도착인 듯 안정적이고 따뜻해 보였다. 해가 바다 뒤로 사라지려는 찰나, 사람들이 석양을 사진 찍기 위해 휴대폰 플래시를 터트려 대었다. 하지만 나는 휴대폰이 없었다. 언제부터 휴대폰이 없었을까. 갑자기 두려움이 닥쳤고 어딘가에 연락하기 위해 누군가의 휴대폰을 빌렸다. 하지만 아무리 번호를 찍으려 해도 번호가 수족관 오징어처럼 꼬물거려서 숫자판을 정확히 겨냥하기 어려웠다. 나는 여동생에게 전화하지 못했다. 전화기는 여태 내가 써보지 못한 시스템으로 작동되는 것 같았다. 연락처 버튼을 누르면 전화기가 초기화되었고 연락처를 간신히 찾아내면 주르르 뜨는 이름들 중 내가 아는 이름은 없었다. 여동생 이름도 없었다. 나는 순간 여동생을 잊고 다시 바다를 보았다. 바다는 언제 내가 태풍을 몰고 오고, 언제 사람들을 삼켰냐는 듯 태연하게 반짝거렸다. 아름다운 바다 따뜻한 바다, 그 바다를 꼭 여동생에게 보여주고 싶었다. 다음에는 꼭 여동생과 같이 와야지, 하는 데서 나는 번뜩 현실로 회귀했다.

내가 매일 한 번 반드시 꾸는 꿈속에는 그 바다가 있었다. 나는 바닷가에 살았던 기억이 없는데 꿈에서 나는 매번 그 바다를 찾아 떠나가는 중이었다. 어떤 때는 버스 정류장에서 버스 번호를 몰라 당황하기도 하고 어떤 때는 버스를 중간에 내려 오도 가도 못하고 쩔쩔매기도 하고 어떤 때는 다행히 모든 고비를 넘기고 바다를 내려다보는 언덕에 서서 흐뭇해하기도 했다. 그런데 나는 꿈에서 깰 때마다 기분이 묘했다. 나는 실험 케이지 천장을 올려다보았다. 나는 사람이 아니다. 나는 내 모습이 인간 모습이 아닌 걸 분명히 안다. 나는 실험 케이지 천장을 뒤덮듯 가로막은 스테인리스 선반에 비치는 내 모습을 보고 다시 나의 정체성을 재점검하기 시작했다. 나는 인간이 아닌 실험쥐다. 지금도 실험 케이지에 갇힌 채 꿈꾸는 실험을 하던 중이었고. 그런데 왜 내 꿈은 항상 사람처럼 꾸어지는 걸까. 나는 꿈에서 분명 사람이었고 여동생도 있었으며 꿈에 나타난 많은 존재들도 분명 사람 모습을 하고 있었다. 그때 김 연구원이 나타났다.

"오늘도 꿈 잘 꿨니? 넌 꼭 밥 먹을 시간 되면 알아서 꿈을 깨더라? 밥때에 목숨 거는 거 보니까 굶어 죽지는 않겠다?"

김 연구원은 특수 제작된 사료를 내 사료통에 리필하면서 칭찬인지 나무람인지 헷갈리는 아침 인사를 건넸다. 나는 꿈에서 막 해제된 눈빛으로 사료통과 사료와 김 연구원을 번갈아 보았다. 역시 나는 실험동물이었던 거야, 나는 실험쥐라고. 나의 생뚱맞은 결론은 지금 김 연구원에게는 읽히지 않을 것이다. 김 연구원은 밥 먹는 시간만큼은 나에게 자유를 허락했다. 밥 먹은 동안에는 내 머리통에 연결해 놓은 칩 작동 버튼을 꺼주었다. 강제로 꿈을 꾸지 않아도 되는 밥 먹는 시간, 무슨 의도일까. 하지만 지금 막 리필된 사료를 먹으면 다시 꿈을 꾸기 시작할 것이다. 사료 안에 반드시 꿈을 유도하는 특수 물질을 섞은 게 분명했다. 더 이상한 건 이제 나는 잠을 자지 않으면서도 꿈을 꾼다는 것이다. 나는 김 연구원이나 동물실험실 청소부가 왔다 갔다 하는 걸 두 눈

뜨고 보면서도 꿈속을 헤맸다. 좀 전과 같은 바다를 찾아가는 꿈을 꾼다. 그러고 보니 판잣집 창문 안에서 살던 여동생이 동물실험실 청소부를 닮은 것 같기도 하고, 제부로 보이는 사람은 김 연구원을 닮은 것 같기도 하고. 설마? 나는 김 연구원이나 청소부와는 1퍼센트도 겹치는 게 없는데? 아 물론, 타고난 유전자적 구성은 인간과 쥐가 99퍼센트 유사하다. 그래서 인간을 대신하는 생체실험에 실험용 쥐가 주로 사용되는 거고. 아, 의심되는 게 하나 있기는 하다. 김 연구원과 청소부와 나는 일정 시간 같은 동물실험실 공간에서 서로 숨을 내뱉고 들이쉰다. 혹시 그래서? 어느 시인의 고백처럼 너의 숨과 나의 숨이 차 안에서 오락가락 들쑥날쑥 합체가 되다 보니 나도 모르게 깊은 사랑에 빠져버렸듯, 나도 어느 순간부터 갑자기 인간의 꿈을 꾸기 시작한 걸까? 나는 사료를 오도독 깨물며 귀이개만 한 귀를 엇갈려 파다닥, 파닥, 거렸다. 나는 내 머릿속에 떠오르는 엉뚱한 연결 고리를 끊고 싶어서 사료 뜯어 먹는 동작에만 집중했다.

오도독, 오도독,

내가 온전히 깨어났다.

나는 사료 먹는 순간만 나로 돌아온다. 김 연구원은 말했다. 밥 먹을 땐 개도 안 건드린다는 속담이 있거든, 나 역시 동물실험 헌장을 준수하는 연구원이라서 밥 먹을 때만큼은 너에게 아무 실험도 하지 않을 거야, 그러니까 안심하고 먹어, 즐기면서 먹으라고. 그러면서 조금 전에는 꼭 밥 먹을 때만 깬다고, 굶어 죽지는 않겠다고 능글거렸나. 아무튼 나는 김 연구원 말대로 밥 먹는 시간 외에는 실험을 '당한다'. 꿈만 꾼다. 내 꿈은 내 의지도 내 자유도 아니다. 내 꿈은 '꿈 연구'를 수행하기 위해 계획적으로 설계되고 디자인된 '의도된' 꿈이다. 김 연구원은 이 꿈 에피소드들을 개인 수기 연구 노트와 노트북에 기록한 후 최종에는 이들 꿈이 저장된 실험동물 조직, 즉 나의 뇌세포를 축출한다. 나는 전 생애에 걸쳐 꿈만 꾸다가 꿈으로 범벅된 나의 모든 뇌 조직을 조각조각 내어주고 실험을 끝냄과 동시에 냉동실로 직행, 폐기되어야 한다.

하지만 생명체는 기계가 아니다. 나 역시 실험쥐로 태어나서 여태까지 의도된 꿈만 꾸며 살았지만, 예측불허 살아 숨 쉬는 생명체 자체였으므로 그 꿈들 사이사이 변수가 생겨났다. 아니면 꿈이 반복되고 거듭되면서 원래 꿈이 행간마다 새끼를 치고 행간마다 저마다 특화된 꿈으로 진화됐다고 유추해도 좋고. 나는 반복되는 꿈들 사이에서 순간순간 나만의 고유 의식이 돌아오는 순간이 있다는 것을 알아챘다. 오도독, 밥 먹는 순간이었다. 처음 밥 먹는 중에 진짜 내 의식이 돌아왔을 때 나는 내가 의심스러웠다. 지금 사료를 오도독 깨물고 있는 나는 진짜 나인가 실험당하는 나인가, 나는 지금 꿈속 일부로서 존재하는가 아니면 진짜 현실 속 나로서 존재하는가, 의문들이 꼬리를 물었고, 나는 짧은 밥 먹는 시간 동안에는 어떤 결론도 낼 수가 없었다. 그런 밥 먹는 순간들이 일 년 이 년 계속되면서 나는 생각하는 습관을 바꾸기로 결심했다. 한꺼번에 여러 개 생각을 할 게 아니라 한 번 밥 먹을 때마다 생각 가지에 달린 여러 개 잎사귀 중 한 개 잎사귀에만 매달리기로 작정한 것이다. 마침내 나는 한 개 생각에만 집중하는 데 성공했다. 어떤 생명체이건 의식 있는 생명체로서 단 1분이라도 순수하게 한 개 생각에만 매달릴 수 있다면 그 생명체는 깨달은 생명체다. 김 연구원식으로 표현하면 생명체 한계를 넘어선 또 다른 생명체다. 그만큼 생명체에게 있어 생각은 1초에 우주 100바퀴를 돌아올 수 있을 만큼 예측불허에 기하급수적이다. 무엇보다 한 개 생각은 생각 한 개 이파리만 피우는 게 아니라 두 개, 세 개, 백 개, 만 개의 생각 이파리로 분화에 분화를, 변화에 변화를, 거듭하고 진화한다. 이런 생각의 특성 덕분에 나도 처음에는 딱 하나의 생각에만 매달리기 무척 어려웠다. 하지만 더 순간순간을 허비하기 전에 일단 시작부터 해야 했다. 한 개 이파리만 집중해서 보는 거야, 나는 밥 먹는 시간마다 열렬하게 집중했다.

'지금 나는 꿈을 꾸는 중인가?'

한 가지 생각을 일 년 가까이나 하고 나서야 나는 결론 낼 수 있었다.

'아니. 오도독, 밥 먹는 중엔 나는 깨어 있어.'

하루에 세 번 밥 먹는 시간이 있었는데, 나는 하루에 세 번, 30분은 온전히 깨어 있었고, 정확히 30분은 진짜 현실을 눈으로, 피부로, 혀로, 온전히 느낄 수 있었다. 그때부터였을 것이다. 내가 나를 기억하고 기록하기 시작한 것은. 까치가 옥상에 설치된 거울을 처음 발견하고 몇 번이나 거울을 쪼아보고 공격해 보고 뒤돌아가서 거울 뒤까지 확인한 뒤에야 거울 속에 비친 게 적이 아니라 자기 자신이었음을 확인하듯 천장 스테인리스 선반에 비친 검은 털 난 어떤 생명체 움직임과 모습을 기억하기 시작했다. 나는 옥상 까치처럼 확인 사살도 시도했다. 머리를 케이지 바닥에 박고 물구나무서기를 하면서 천장 거울을 살피자 천장 거울 속에서도 어떤 검은 생명체가 살색 꼬리를 바르르 바르르 균형 잡으려 애쓰면서 물구나무서는 게 보였고, 내가 살색 꼬리를 전갈처럼 빼 들고 베딩을 케이지 허공에 왕창 흩뿌리자 천장 거울 속에서도 검은 생명체가 똑같이 살색 꼬리로 베딩을 마구 흩뿌리는 중이었으며, 내가 사료를 움켜쥐고 도망가 베딩 속에 겹겹이 덮어 숨기자 천장 거울 속 검은 생명체도 사료 한 알을 베딩 속에 감추던 것이다. 김 연구원이나 청소부에게 사료가 들통나지 않도록 막 돋아난 다육이잎 같은 두 발로 번갈아 까치걸음 뛰어 베딩을 다지는 모습까지 연출하던 것이다. 그러니까 나는 확실히 꿈속에서 마주치는 인간 같은 부류 생명체가 아니었으며 동물실험실에서 일 년 넘도록 사료를 오도독 깨물면서 흘끔흘끔 보아 온

건너편 실험 케이지에 갇힌 수많은 실험동물과 같은 종이던 것이다.

그때부터였을 것이다, 아마도. 내가 나만의 깨어 있는 의식들을 내 머릿속 한켠에 차곡차곡 챙기기 시작한 것은. 밥 먹을 때마다 딱 하나씩만 생각하면서 딱 하나씩만 생각을 뭉쳐서 나만의 비밀 서랍에 꽁꽁 숨긴 것은. 나는 지금 깨어 있다, 나는 깨어 있지 않은 나머지 시간에는 꿈을 꾸는 실험 중에 있다, 나는 인간이 아니다, 나는 실험용 생쥐다, 나는 실험 케이지에 갇혀 있다, 나는 내일도 실험 케이지에 갇혀 있을 것이다, 나는 왜 꿈만 꾸는 걸까, 그게 나의 실험 역할인 걸까, 한 끼마다 한 이파리 생각들이 집요하고 균일하게 진행되었으며, 그중 가장 마지막 생각에서 가장 여러 달 똑같은 생각을 해야 했다. 김 연구원은 왜 꿈꾸는 실험을 설계하게 되었을까, 나는 꿈에서 왜 매번 인간의 꿈을 꾸고 내가 인간인 것처럼 행동하는 걸까. 단편적인 의식들 모음만으로는 정확한 결론을 내기 무리였다. 나는 생각의 각도를 약간 틀어 이번에는 생각의 가지에 매달렸다. 내 생각들에 결론값을 내려면 어떻게 생각하고 행동해야 할까. 셀 수 없는 의식의 순간 동안 나는 그 '결론값' 가지에 줄기차게 매달렸다.

"적당히 멍청해야 하는데, 쟤는 적당히 안 멍청해. 그래서 매를 맞게 돼."

김 연구원이 내 사료통을 리필하면서 박 연구원과 통화를 시작했다. 저건 또 무슨 소리? 나는 오도독 밥 먹는 중이었고, 밥 먹을 때만 내 의식을 찾는다는 걸 깨달은 후부터 비밀 서랍에 조각 의식들을 저장하다가 불현듯 깨달았다. 비밀 서랍에 제일 많이 저장된 조각이 바로 김 연구원이라는 사실이었다. 김 연구원은 나를 너무 믿든지 아니면 너무 무시하는 것 같았다. 내가 인간의 꿈을 꾸기 시작한 이후로 인간 말을 100퍼센트 알아듣고 인간 의식구조도 100퍼센트 이해한다는 것을 김 연구원만 모르는 것 같았다. 아니면 알면서도 실험 케이지에 갇힌 너 같은 실험생쥐가 감히 뭘, 이라고 생각하는 걸까. 나는 기분 나쁘지 않았다. 나라도 김 연구원과 나의 상황이었다면 그렇게 생각했을 테니까. 그럼에도 지금 막 내뱉은 김 연구원 말은 그 의도와 행간이 매우 의뭉해 보였다.

'적당히 멍청한 건 누구고, 적당히 안 멍청해서 매를 맞는 건 누굴까.'

확인은 불가능했다. 의식이 돌아오는 순간마다 내 머릿속 뇌세포들은 한 가지 생각에 매달리는 데는 익숙해졌지만 내 몸뚱이는 달랐다. 인간들은 뇌가 몸을 지배한다고 믿는 것 같은데, 나에게 묻는다면 즉각 아니라고 대답할 것이다. 내 경우를 보면 몸뚱이의 본능은 뇌 기능과는 따로다. 나는 밥 먹는 시간 내내 한 가지 생각에 매달리면서도 줄기차게 본능적인 외도를 했는데, 밥 먹는 시간 내내 실험 케이지 어디쯤에 틈이 있을까, 눈으로, 손으로, 발로, 꼬리로, 온몸으로 뒤지고 쑤시고 다니던 것이다. 케이지 틈을 찾는 행위는 생각이 아니라 행동이고, 순간 찾아온 내 의식으로도 제어될 수 없는 갇힌 생명체의 뿌리 깊은 본능이었다. 뇌의 영역 중 후천적으로 발달한 신피질이 아닌 파충류 시절부터 존재했던 원시적인 뇌에 각인된 생명 본능은 치매가 와도 못 말린다. 치매 환자도 먹고 자고 싸기는 하니까. 나를 비롯하여 모든 생명체는 먹고 자고 싸고 살아남는 게 최종 목표다. 먹을 게 없어서 자기 꼬리를 야곰야곰 뜯어 먹을지라도, 한쪽 다리까지 뜯어 먹어 툭하면 돌부리에 걸리고 넘어지고 까일지라도, 지 꼬라지대로 자유롭게 살기를 희망한다. 나도 마찬가지였다. 짐작건대 실험 케이지에 갇힌 순간부터, 의도적으로 꿈만 꾸던 순간까지, 틈만 나면 실험 케이지 밖으로 도망칠 틈을 노렸다. 그랬음에도 0.1밀리도 틈을 발견할 수 없었는데 어떻게, 무얼, 확인한단 말인가.

나는 의기소침해졌다. 비밀 서랍에 의식 쪼가리들을 모으는 재미도 시들해졌다. 의식들은 모아서 어쩌려구. 스스로에게 질문해 보고 스스로에게 답을 구해 보았지만 답이 없었다. 그럼에도 습관은 종종 나를 이겼다. 나는 밥 먹을 때만 되면 습관적으로 김 연구원 전화 통화 내용을 엿듣고, 청소부가 묻혀 들여오는 바깥세상 냄새와 흔적을 기억해 두려 애썼다. 언젠가는 틈이 되어 줄 거야, 밥 먹을 때만 돌아오는 내 의식은 나를 독려하기도 했다. 생명체들은 다 슬럼프에 빠져, 슬럼프란 늪은 순간을 잘 살아내기 위한 필연적 후렴구 같은 거야, 그늘이 짙어야 햇빛이 더 강할 수 있는 것처럼. 나는 내가 생각해도 상당히 똑똑한 것 같았다. 언제 나는 슬럼프란 단어를 알았고, 살아간다는 게 그런 것들의 조각 모음이라는 걸 깨우쳤을까. 그럼에도 그 깨달음조차 실험 케이지 안에서는 아무짝에도 쓸모없다는 사실에 더욱 기운 빠졌다. 나는 순간순간 돌아오는 의식이 귀찮아졌다. 나는 밥 먹는 시간까지도 꿈속을 방황하고 싶었다. 꿈에서는 생각하지 않아도 되었고 결론값이나 답을 찾지 않아도 되었다. 꿈에서는 의식 조각들도 쓸모없었다. 내가 조각 의식과 의도된 꿈 사이를 반복적으로 첨벙거리다가 우연히 얻어낸 결론은, 꿈은 의식 조각들이 머릿속을 헤엄쳐 다니다가 맥락 없이 부딪히고 비껴가는 우연과 순간 현상에 다름 아니라는 것이다. 조각 의식들의 질서 없는 충돌과 파장은 인과가 형성되지 않는 토막 갈등과 토막 사연에 불과했고 덕분에 나의 어떤 현실도 좌지우지 못 했다. 내 꿈 내용이 그 증거다. 바다를 찾아가는 꿈, 꿈에 등장하는 사람들, 풍경들, 나는 태어난 직후부터 실험 케이지에 갇혔던 것 같다. 오도독, 오도독, 내 의식이 돌아오는 순간마다 진짜 독립적인 생명체로서의 내 예전 의식과 기억을 더듬었지만 실험 케이지 안 날들 외는 어떤 기억 조각도 없었다. 나는, 사연도 없었고 추억도 없었고 그리움이나 안타까움도 없었고 보고 싶은 실험쥐도 없었고 가슴 아픈 사랑도 없었다. 그럼에도 나는 매번 바다를 찾아가는 여행을 한다. 여행 중에 판잣집을 보고 그 창문 안에 사는 여동생도 보고 제부 닮은 사람도 보고, 풍경도 보고 풀꽃도 본다. 대체 이 꿈 조각들은 어디서부터 비롯된 것일까.

"이제 머리를 열 때가 된 것 같지?"

김 연구원이 또 전화를 건다. 오늘도 박 연구원과 통화하는 것 같다. 박 연구원은 김 연구원 동료이자 경쟁자이지만 동물실에는 주로 김 연구원이 나타난다. 박 연구원이 쥐공포증을 앓기 때문이다. 헌데 정작 실험쥐를 조물락거리고 밥통과 척수와 콩팥과 뇌를 뒤적이는 해부 수술은 박 연구원이 전담한다. 죽은 쥐는 물지 않잖아, 세포와 뼈로 조합된 물질일 뿐이잖아. 박 연구원 말대로라면 박 연구원은 진정한 과학자다. 시체나 사체 따위에 호들갑 떨지 않는 준비된 연구원이다. 나는 죽은 실험쥐를 물질로만 인정하고픈 박 연구원이 궁금했지만 정식으로 얼굴을 대면한 적은 없다. 아마도 내가 죽어야만 박 연구원을 만나게 될 것 같다. 그때는 보아도 이미 못 본 것이겠지만. 그 통화를 엿들은 이후 나는 또 여러 날 같은 생각을 거듭했다. 왜 실험동물 머리통을 열까, 이번에는 어떤 실험동물 머리통이 열릴까, 그나저나 내 머리통에는 뭐가 들었을까. 그러다가 갑자기 내 눈이 그 구멍을 발견했다. 청소부의 일회용 라텍스 장갑 낀 손가락 하나가 그 구멍을 긁었다. 내 시선이 따라갔고 청소부 눈썹 바로 위에 점처럼 찍힌

바늘구멍이 보였다. 인간들이 종종 뇌세포를 추출하거나 현미경 뇌수술할 때 시행하는 침습 요법 때문에 생긴 상처였다. 그런데 하필 눈썹 위를 찔린 것으로 보아 청소부는 인간 뇌 중에서도 가장 나중에 만들어졌다는 생각하는 뇌에 이상이 생겼던 모양이다. 내가 생각을 다 진행시키기도 전에 청소부가 찍찍 코맹맹이 소리를 냈다.

"그동안 고생 많았어, 다음 생에는 우리 이런 곳에서 만나지 말자."

나는 바로 오늘이 내 머리통이 열리고 내 뇌 조직이 조각조각 칼질당하는 날이라는 걸 알았다. 본능적 직감에 의한 계시 같은 깨달음이었다. 지난 일 년 내내 청소부는 마스크와 두건과 청소복으로 완전 무장한 채 얼굴을 보여준 적이 없다. 그런데 갑자기 눈썹 위 수술 구멍이 보이고, 그의 코맹맹이 소리를 들었을 때, 나는 청소부와 김 연구원과 나와의 개연성을 단번에 파악해 버렸다. 오늘 이른 아침 청소부가 코맹맹이 소리를 내며 내 케이지를 교체해 주는 순간도 실은 꿈속을 방황 중이었는데, 유난히 바다로 이르는 길이 험난했다. 산길도 자주 나타났고 바윗길은 더 자주 나타났다. 그래도 가야 하는 길이라고 오매불망 바다를 향해 나아가는데, 갑자기 코맹맹이 소리가 꿈속으로 끼어든 것이다. 나는 꿈처럼 생각했다. 내가 죽는구나. 나는 내가 인간의 꿈을 꾸는 진짜 이유도 알았다. 인간의 꿈만 열심히 꾸었더니 인간들처럼 죽기 직전 뇌 과부하, 즉 순간 초인적 뇌 활성화가 이루어졌고, 결국 내가 미처 기억 못 하고 인지 못 했던 인과의 순간들이 주루룩 필름 돌아가듯 순서대로 나타났다. 병원 응급실, 죽은 듯 실려 오는 인간, 청소부를 본 것 같기도 하고, 뇌 수술 장면, 제 부인지 김 연구원인지 모를 인간 군상들, 그리고 다시 내 꿈. 나도 진짜 죽어보지 못해서 믿지는 않지만, 죽음 직전 초인적 뇌 활성화로 인해 확인된 바, 나는 인간 뇌 조직을 이식받아서 인간의 꿈을 꾸기 시작했는데, 가능하면 행복한 꿈, 가능하면 즐거운 꿈, 가능하면 생산적인 꿈, 가능하면 미래지향적인 꿈, 같은 꿈만 꾸도록 뇌 조직이 의도적으로 조작되었던 것이다. 따라서 실험이 종료되려는 오늘 내 뇌 조직은 아마도 99.9퍼센트가 인간의 꿈으로 범벅되었을 터다. 아마도 0.1퍼센트 정도가 비밀 서랍에 저장된 내 의식 조각 모음일 거고. 나는 인간의 꿈에 절은 내 뇌 조직들을 내어줌으로써 실험동물로서 역할을 성공적으로 완료하게 된다. 김 연구원은 내 뇌 조직을 조각조각 잘라서 악몽에 시달리는 인간들에게 성공적으로 이식할 임무가 있고. 내 실험 케이지 앞에 달린 이름표가 '꿈을 설계합니다'였던 이유를 비로소 완역한 시점이었다.

'그런데 내가 행복한 꿈만 꾼다고?'

김 연구원 설계대로 어쩌면 나는 불행한 인간들을 위해 대신 행복한 꿈을 꾸어주는 역할을 맡았을 수도 있다. 하지만 설계상

미미한 에러인지 꿈의 원래 속성인지 내 꿈속에도 불행은 끼어들었다. 여동생에게 결코 전화 걸 수 없었고, 여동생은 내 부름을 듣지 못했고, 제부란 사람도 얼굴이 보이지 않았고, 산길과 숲길과 돌길의 아득함과 공포도 격렬하게 끼어들었다. 가끔은 바다에 도착하여 이상향을 마주한 행복감과 성취감도 느꼈지만, 그 바다에 이르는 과정이 너무 험하고 지루해서 꿈을 중간에 깨고 싶다는 강한 저항이 솟구치기도 했다. 그럼에도 내 뇌 조직은 행복한 꿈으로 바코드가 찍혀 팔려나갈 것이다. 내 생각을 뒷받침하듯 김 연구원은 박 연구원을 독려했다. 그나마 내가 여동생과 연락 단절되거나 바윗길 산길 정도 시련에 봉착하는 것은, 매일 시체를 보거나 매일 벌레 구덩이에 빠지거나 매일 뱀 소굴에 갇히거나 매일 겁탈당하거나 매일 폭행당하거나 매일 자살당하거나 매일 전쟁 와중인 악몽에 시달리는 것에 비하면 훨씬 행복한 꿈에 해당된다는 것이다. 그 정도 불행이나 고난이 끼어든 꿈은 다이아몬드 원석과 같아서 가공만 잘하면 완판될 테니 실수 없이 해부나 잘하라는 것이다. 그 증거로 김 연구원은 자신 노트북 모니터에 나타난 긍정 일색 푸른 그래프 조합을 박 연구원 눈앞에 들이밀었다.

"게다가 그 정도 에러는 박 연구원이 족집게처럼 집어낼 수 있잖아? 난 박 연구원을 믿어, 괜히 신의 손이라고 불리겠어?"

나는 오전 중에 동물실험실 곁방에 위치한 실험동물 해부실로 간다. 나는 최대한 많이 행복한 꿈으로 범벅된 뇌 조직을 내놓아야 하므로 마취되고 해부되는 순간까지도 꿈을 꾸어야 한다. 인간들은 알고 있다. 뇌 조직은 통증을 느끼지 못한다는 것을, 뇌 조직을 99퍼센트 잘라내도 1퍼센트 뇌 조직만 있으면 다시 뇌 조직은 차오른다는 것을. 내 머리통을 연 직후 김 연구원은 행복한 꿈으로 충만한 생쥐 뇌를 확인하고 휘파람 불지도 모른다. 이렇게 꿈을 잘 꾸어주는 실험쥐라니, 감격해서 나를 다시 깨울지도 모른다. 다시 행복한 꿈을 꾸어 달라고, 새로운 뇌세포를 만들어내라고, 새 실험 케이지에 넣어 줄지도 모른다. 내가 실험동물 해부실에서 뇌 조직을 몽땅 털리고도 살아남을 가능성은 그것뿐이다. 나는 옆방이나 건넛방 실험쥐들이 해부 직전에는 금식이었음을 기억하면서 마지막 사료를 움켜쥐었다. 해부 직전까지 목구멍에 구토약을 주사하지 않고 사료를 제공한다는 것은, 최후 1초까지도 꿈을 꾸라는 뜻이겠고, 김 연구원 바람대로 머리통이 열리고 뇌 조직이 조각조각 털리는 순간까지 꿈을 꾸어준다면 어쩌면 나는 김 연구원 마음을 얻을 수 있을지도 모른다.

삐이걱.

실험동물 해부실 문이 열리고 사료를 오도독, 뜯는데 내 마지막 의식이 돌아왔다. 참, 비밀 서랍은? 해부 도중 김 연구원이 비밀 서랍을 발견하면? 김 연구원은 실험동물 해부실을 얇은 판자로 구분해 막은 반대편 방에서 내 꿈에서 행복한 부분과 불행한 부분을 구분하기 위해 '꿈현미경'으로 내 뇌 조직을 살피고 뒤질 것이다. 그 꿈현미경 아래에서도 내 비밀 서랍이 발견되지 않아야 할 텐데, 나는 밀대에 실려 해부대 앞으로 끌려가는 순간에도 사료를 오도독 뜯어 먹었고, 밥 먹을 땐 개도 안 건드린다는 김 연구원 신념 덕에 내 머리통에 달린 칩 연결 버튼은 순간 오프 상태였고, 나는 마지막으로 돌아온 내 의식을 비밀 서랍 속에 있는 힘껏 던져 넣으며 최후 결론값처럼 다짐할 수 있었다.

'김 연구원을 믿느니 내 비밀 서랍을 믿자.'

비록 실험 케이지에 갇힌 실험동물이었지만 나도 엄연한 생명체 중 하나였고 나는 예측불허 생명체답게 하루마다 달라졌고 순간마다 진화했다.

'이참에 비밀 서랍까지 먹어 치우자, 내 의식들을 내 밥통 속에 숨겨두었다가 다시 깨어났을 때 내 머리통에 돌려놓자.'

나는 매일 내 뇌가 몽땅 도려질 사태를 대비해 오도독, 의식이 돌아올 때마다 뇌세포를 조금씩 조금씩 몸 구석구석으로 미리미리 옮겨두었다. 특히 공간이 넉넉한 밥통 속에는 일찌감치 비밀 서랍 일부를 뭉텅 옮겨두었다. 나는 밀대에 실리는 순간, 그동안 옮겨둔 의식들을 몽땅 소환했다. 몸 구석구석 묻어둔 의식 경로를 탐색하도록 명령했다. 천만다행 의식 경로들은 하나도 막히지 않았다. 이제 의식 경로를 따라가기만 하면 꿈을 몽땅 털린다 해도 진짜 나는 도둑맞지 않을 수 있다. 덜컹덜컹, 나를 실은 해부대가 움직이기 시작했다. 갑자기 코가 싸해지고 콧구멍이 저절로 부글부글 끓어오를 듯 격한 알코올 냄새가 달려들었다. 나는 마지막 사료 조각을 오도도도도독, 씹어 삼켰다. 꾸울떡, 마지막 사료가 목구멍으로 넘어갔다. 마지막 꿈에서는 여동생에게 전화 걸 수 있을까, 여동생이 내 목소리를 알아듣고 창문 열고 나를 반겨줄까. 과연 밀대가 멈춘 곳에는 박 연구원이 내 머리통을 깨려고 중무장한 채 대기하고 있었다. 박 연구원은 청소부처럼 눈만 내놓은 채 나를 맞았다. 나와 박 연구원 눈이 정통으로 마주쳤다. 그때 박 연구원이 들고 있던 해부용 포셉을 탕, 떨어뜨렸다. 나는 내가 생각해도 엄청 잘빠진 살색 꼬리를 휙휙 예술적으로 휘두르며 박 연구원에게 첫인사를 건넸다.

―안녕, 박 연구원님? 잘 좀 부탁드립시다?

예측불허 생명체답게 경로를 타고 내달리던 의식 하나가 투욱, 튕겼다. 나노핀셋이 여동생을 집어내는 게 보였다. 여동생이 버려지듯 내 옆에 내동댕이쳐지는 게 보였다. 그 뜬금없는 조각들은 꿈도 아니고 의식도 아니었다. 틈이 분명했다. 여동생이 틈에 빠졌고 나도 틈으로 뛰어들었다. 틈이 분열했다. 마지막 꿈길이 나타났다. 안정적인 걸음걸이였다. 버스 정류장도 붐비지 않았고 내가 타고 갈 버스 번호도 또렷이 보였다. 사람들이 순서대로 버스에 올랐다. 틈이 새끼를 쳤다. 꿈을 조정하고 통제하면 근본적으로 불행한 영혼이 의도적으로 행복해질까, 한 톨의 바윗길, 한 톨의 깊은 계곡, 한 톨의 연락 두절마저 뿌리 깊이 솎아질까. 아무려나 상관없다. 여동생에게 바다만 보여줄 수 있으면 된다. 여동생은 지금 내 뒤에 있다. 뒤돌아보지 않아도 안다. 꿈속이니까. 비밀 서랍을 뒤적이지 않아도 안다. 나에겐 여동생이 있었으며, 그러므로 나는 반드시 살아나야 한다는 것을. 지금 실험쥐 머리통까지 열어 내 꿈을 샅샅이 뒤지는 김 연구원은 반드시 내 꿈에서 틈을 읽어내야 한다. 또한 나를 영구 폐기하는 실수를 저지르지 말아야 한다. 행복한 꿈의 후일담을 추적하는 연구야말로 『네이처』에서 두 손 들고 환영할 단독 특집이 되어 줄 테니까. 김 연구원만의 고유 바코드가 찍힌 '진짜행복한꿈' 특허 넘버가 되어 줄 테니까.

"이로써 완벽하게 행복한 꿈은 틀림없이 확보되겠지?"
어디선가 제부의 눈이 나를 지켜보는 것 같았다.

자꾸 꽃이 핀다. 꽃잎이 한 개씩 기지개 켤 때마다 내가 간질여진다. 웃음이 터진다. 웃지 않을 재간이 없다. 나는 종일 꽃이다. 종일 꽃이 피는 삶이다. 종일 웃음 터지는 생이다.

나는 사료를 입에 넣고 오도독 깨물다가 웃음이 터진다. 입안에서 오도독 가루가 되었던 사료가 하하 흩어진다. 앞 케이지 울쌍이 콧등을 찌푸리며 휘휘 고개를 내젓는다. 나는 앞 케이지 녀석 이름을 모른다. 알 필요도 없다. 금방 웃음과 함께 허공으로 날아가 버릴 테니까. 아마도 녀석은 이 동물실험실 실험 법칙에 따라 나와 비교되는 실험군으로 세팅된 실험 모델일 가능성이 높다. 내가 시도 때도 없이 꽃잎이 돋고 피고 웃음이 터지고 깔깔하하대는 걸 보면 그렇다. 나는 가끔 너무 심하게 웃다가 방금 생각했던 내용을 까맣게 잊어버리곤 하는데, 아마 나는 어제도 오늘도 내가 지금 어떤 실험에 사용 중인지를 들었을 것이다. 그리고 내가 그 실험의 한 현상으로 시도 때도 없이 웃는다는 것도 설명 들었을 것이다. 하지만 들으면 뭐 하나. 나는 또 하하 깔깔 웃음으로 모든 현상과 설명과 실험 기억을 다 날려버릴 텐데. 나는 그래서 '아마도 녀석은 이 동물실험실 실험 법칙에 따라 나와 비교되는 실험군으로 세팅된 실험 모델일 가능성이 높다. 내가 시도 때도 없이 꽃잎이 돋고 피고 웃음이 터지고 깔깔 하하대는 걸 보면 그렇다'라는 앞 문장의 진위 여부와 인과 관계도 그만 잊어버리고 말았다. 또 하하 핫핫 웃어대는 바람에.

—쯔쯔, 쟤 엄마는 얼마나 복장 터질꼬.

옆 케이지에서 나는 소리다. 나는 그 걱정 소리까지 하하 웃음으로 날려버린다. 하하하 아하하하, 나는 웃음이 날 때마다 내 겨드랑이에서 내 손톱에서 내 발가락 사이에서 꽃잎이 돋는 걸 느낀다. 순간 0.1초만 한 의문이 끼어든다. 그런데 다른 애들은 나처럼 꽃잎이 돋는 느낌을 모르나, 못 느끼나, 그래서 다들 웃기를 포기한 건가, 그래서 웃는 방법을 모르는 건가, 그 때문일까, 내 주변엔 심각하거나 무표정한 실험쥐들 일색이다, 까지 생각하는 순간 터져 나온 하하 킥킥 덕분에 문장들이 토막토막 허공으로 흩어져 버린다. 즉, 때문, 심각하거나, 방법을, 건가, 일색이다, 웃기를, 꽃잎, 그래서, 발가락 사이에서, 따위 단어와 문장들이 민

들레 홀씨가 제 의지와 상관없이 솜털에 붙들려 허공으로 낱낱이 흩어지고 헤어져 떠나버리듯 멋대로 여기저기 날아가 사라지거나 곤두박질, 이 구석 저 구석에 박혀 버린다.

 나는 너무 많은 꽃잎들이 거의 동시에 피어나 갑자기 몸이 빵빵하게 무거워지는 것도 느낀다. 순간 심각해지지만 그럴수록 나는 더욱 큰 소리로 웃어댄다. 하하하 아하하하 깔깔깔깔, 그러면 웃음소리마다 자디잔 소름 포자 같은 솜털이 돋아나, 웃음은 하나씩 둘씩 셋씩 하늘로 허공으로 옆 케이지 아줌마에게로 앞 케이지 울쌍에게로 날아간다. 몸에서 꽃잎들을 펌프질 해낼 때마다 나는 몸이 맑아지고 가벼워지는 걸 느낀다. 가벼워진다는 표현은 적절하게 맞는 걸까, 실은 내 몸 일부가 찢어져 날아가는 중인데, 그래도 나는 생색은 내지 않는다. 그 꽃잎들이 얼마나 가지 많은 웃음을 품고 그들에게 도달했는지 알아맞혀 보라고 떠들어대지도 않는다. 대신 꽃잎을 한 개라도 받은 그들이 한순간이라도 꽃잎처럼 웃었으면 싶다.

 ─쯔쯔, 저렇게 이쁘게 생기지만 않았어도 쟤 엄마도 그렇게까지 속 터지지는 않을 텐데.

 하지만 옆 케이지 아줌마는 내 선물을 받을 때마다 더 심각하게 쯔쯔거린다. 어디에 있는지도 모르고 살아 있는지도 모르는 내 엄마 걱정을 한다. 엄마는 대체 어디로 간 걸까. 나는 한 가지 생각에 집중하기 어렵다. 특히 심각한 생각일수록 집중하기 어렵다. 대신 꽃잎 틈새마다 한 번 각인된 건 습관처럼 영구적으로 되새김질한다. 울쌍은 아줌마보다 더 드라마틱하게 반응한다. 울쌍은 내가 날려 준 꽃잎을 마주한 채 미간 주름을 하나라도 펴기는커녕 양껏 주름 골을 더 깊게 더 여러 가닥으로 만들어 내더니 급기야 눈물까지 글썽인다.

-울쌍, 너도 한 번쯤은 웃으며 살아봐야지, 으핫핫핫.

그때마다 나는 울쌍을 다독이고 쓰다듬어 준다. 말이 아닌 웃음으로, 내가 날려 준 꽃잎들로. 내가 도무지 웃음을 멈출 수 없던 사건은 내가 울쌍에게 '너도 한 번쯤은 웃으며 살아봐야지' 말 붙이던 그날 일어났다. 옆 케이지 아줌마였다.

-쯔쯔, 쟤네 엄마는,

어제처럼 내가 히히히 하하하 웃는 중에 혀를 차던 아줌마가 갑자기 케이지 밖으로 끌려 나갔다. 나는 아줌마의 쯔쯔 소리가 더는 들리지 않자 반은 안도하고 반은 이상해서 하하하 크크크 웃었다. 여기서 '이상하다'는 표현은 '평소와 같지 않다'라는 표현과 동급이다. 그때 아줌마 비명소리가 들렸다. 찍! 찌익! 연달아 어렴풋이 그 냄새가 맡아졌다. 내가 매일 맡는 꽃잎 피어나는 냄새가 아니라 꽃잎을 죄 짓이겨 압축기에 사정없이 눌러눌러 즙 짜낸 것 같은 냄새. 그 생즙 냄새 출렁이는 곳에 아줌마가 널브러져 있었다. 아줌마 배가 터져 있었다. 언젠가 김 연구원이 먹던 불어 터진 우동 사리 같은 내장이 예리하게 찢긴 생즙 구덩이 속에 희끗희끗 흘러넘칠 듯 꼬불꼬불 담겨 있었다. 그 장면이 어찌나 내 꽃잎을, 뺨을, 후려치던지 나는 주책맞은 봄 벚꽃들 폭발하듯 파하하핫 터지고 말았다. 김 연구원은 돌아보지 않았다. 늘 웃어대는 내가 더는 신기하지 않은 모양이었다. 대신 울쌍이 오만상을 찌푸리며 나를 돌아보았다. 울쌍의 오만상 뒤로 배경 화면처럼 아줌마 꼬리가 다리가 잘려 나가는 모습이 간격 없이 이어졌다. 참을 수가 없었다. 언제나 잘난 척 쯔쯔거리던 아줌마가 저렇게까지 맥락 없는 모양으로 못생기게 흩어질 수 있다니.

―파하하핫, 푸하하핫, 끼핫핫핫, 크큿하핫.

내 웃음소리는 최고조로 커졌고 최고조로 맹렬해졌으며 최고조로 파장마저 깊어졌다. 그날 웃음소리는 하울링 되어 내 뼛속과 내 핏속까지 스며들었고 오래오래 내 안에 머물렀다. 그날 나는 수시로 폭죽 터지는 웃음 메아리를 끅끅 되새김질하며 오래오래 후드득 후드득 웃어야 했다. 어떻게 웃음을 멈춰야 할지 알 수가 없었다. 그날 나는 몸뚱이 자체가 웃음꽃이었다.

―대체 넌 언제까지 그렇게 웃을 거니.

울쌍은 종종 내가 해독하지 못할 말을 건넸다. 나는 맥락 없이 못생기게 분해된 아줌마 때문에 웃다 숨넘어가기 직전이었고, 숨막혀 혼절하기 전에 웃음을 멈추고 싶었으므로 냉큼 반응했다. 꽃대 모가지 꺾듯 우격다짐으로 웃음을 꺾고 고개까지 갸우뚱 꺾어 울쌍을 보았다. 내가 하하 깔깔 웃지 않는 유일한 순간이었다.

―나는 그냥 웃는 거야. 웃는데 무슨 이유가 필요하니, 유효기간이 필요하니.

―아줌마가 저렇게 비참하게 실험당했는데, 그냥 웃는다니.

울쌍은 내가 울쌍 말을 해독 못 하듯 백날천날 내 말을 이해 못 하겠다는 듯 캄캄한 한숨을 내쉬었다. 나는 더 컴컴한 한숨을 내쉬었다. 꽃잎마다 뭉텅뭉텅 썩은 내가 났다. 나는 울쌍에게 내 몸 속에서 일어나는 현상을 속 시원히 말해줄 수가 없었다. 내 안에서 웃음만큼이나 시도 때도 없이 벌어지는 현상, 즉 내 발톱과 발톱 사이에서 내 손가락과 손가락 사이에서 꽃잎이 돋고 꽃잎이 자라나 세포들을 자극하고 세포들 간극이 벌어질 때마다 간질간질 후렴처럼 웃음꽃이 연달아 터지는 현상을 어떻게 말로 표정으로 몸짓으로 설명한단 말인가. 내가 드물게 웃지 않을 때, 아마도 잠들기 직전 어느 날이었던 것 같은데, 그때 나는 분명 들었다.

"이 아이 세포마다 이 신경 코드를 심을 거야, 그런데 이 신경 코드 모양이 마치 꽃잎 같지 않아? 생명 현상은 들여다볼수록 아름답고 알아갈수록 경탄스럽다니까?"

나도 보았다. 내 척추뼈를 댕강 분질러 촬영한 사진을 보았을 때 나는 또 한 번 와핫핫핫 우핫핫핫, 웃음을 터뜨렸었다. 척추뼈 단면 사진 속에 이 세상 표정이 아닌 사랑스런 표정이 숨겨져 있었다. 환하게 웃는 얼굴이 숨어 있었다. 하도 반가워서 나는 내 척추뼈에게 악수를 청할 뻔했다.

너도 나처럼 웃음이 골수에 박혔구나, 너도 웃음을 주체 못 하는 하루하루를 살겠구나.

단 한 장 증거 사진은 수백 번 설명보다 확고한 이해와 믿음을 선사했고 덕분에 나는 김 연구원 말을 정확하게 내 세포에 각인할 수 있었다. 김 연구원이 정말로 내 세포마다 꽃잎을 심었다는 것을, 심지어는 꽃잎을 단순 이식한 수준에 그치지 않고 내가 새끼를 낳으면 내 새끼에게까지 그 꽃잎이 전달되도록 내 유전자 코드에까지 꽃잎을 끼워 삼줄처럼 새끼 꼬았다는 것을.

"그런데 이 아이가 왜 갑자기 웃기 시작했는지 알아? 나는 PBA(Progressive Bulbar Atrophy)용으로 꽃잎을 심었을 뿐인데, 느닷없이 웃기 시작하더라고, 실험쥐가 웃는다는 얘기 혹시 들어본 적 있어?"

김 연구원은 동료 연구원들로부터 어떤 대답도 듣지 못했다. 인공지능 '척'도 엉뚱한 답변만 늘어놓았다.

'실험쥐는 감정을 가지고 있지 않습니다. 그들은 감정을 이해하거나 웃을 수 없습니다. 실험쥐는 과학 연구를 위해 특정 실험 목적을 위해 동물 모델로 활용됩니다. 그러나 감정적인 상황에서 이상하고 재미있는 감정적 반응을 보이지 않습니다.'[1]

---

[1] 챗GPT

인간의 답변은 틀릴 수 있어도 인공지능 답변은 틀릴 수 없다고 믿는 김 연구원 덕분에 나는 실험 실패가 확정되었고, 그날로 마취통에 던져질 운명이었다. 그런데 마취통을 열기 직전 김 연구원이 중얼거렸다.

"고가 실험쥐인데, 죽이기 전에 '그 실험'이나 시도해 볼까."

자연에 널려있는 미지의 생명체든 달이나 화성에 널려있는 불명의 괴암석이든 먼저 발견하고 먼저 취한 자가 임자다. 김 연구원은 웃는 실험쥐를 '발견'하자마자 냉동고에 폐기하는 대신 사적인 실험동물로 용도 변경해 버렸다. 내 세포마다 꽃 모양 신경 코드를 심은 사실조차 망각한 듯 '실험쥐의 웃음 결정구조' 찾기에 혈안이 되었다. 그날부터 나는 웃을 때마다 일정량 웃음 분자를 김 연구원에게 바쳐야 했는데, 김 연구원이 어떤 방식으로 웃음 분자를 취해 가는지는 정확히 모른다. 하하 깔깔 쉴 새 없이 웃는 통에 살필 겨를도 없었고.

나는 세포마다 꽃잎이 돋고 자랄 때 그 간지럼 부작용으로 웃게 되었고, 애초 실험 목적도 웃음이 아니라 PBA 신경증 환자의 감정선 치료가 목적이었기에 내 웃음은 명백한 에러에 해당되었지만, 하도 인간 세상이 쓰레기 기사와 천인공노할 사건들로 뒤범벅되자 인간들은 반대급부로 맹렬하게 웃음을 갈망하게 되었다. 웃음도 정규 티브이 프로로 편성해 뿌리는 코미디처럼 의도하거나 몸 개그처럼 작정해서 터져 나오는 웃음이 아니라 그냥

웃음꽃

터져 나오는 자연산 웃음을 최고로 치게 되었고, 김 연구원은 기회의 신이 달아나기 전에 기회의 상투를 움켜잡는 데 성공했다.

생명체 세포는 매일 새롭게 태어나거나 변신한다. 세포도 탄생하고 자라고 늙고 죽어간다. 그 변신 사이사이 김 연구원이 심어놓은 꽃잎이 세포를 간질이고 그 간질임의 총집합이 내 목젖을 통해 빵 터져 나오는 순간, 김 연구원은 내 웃음을 포집했다. 김 연구원은 웃음 분자들에 뒤섞인 운동에너지, 질량, 수량, 침방울 개수 따위를 정밀 분석한 후, 똑같은 분자와 물질을 의도적으로 실험 접시에 배양했다. 배양된 웃음 분자는 또 다른 실험쥐, 가령 나와 대조군을 이루는 울쌍 같은 실험쥐에 이식되었고, 대조군에서조차 웃음 효과가 확실하게 발현된다고 판단될 경우 '웃음'을 대량 생산하여 인간들에게 판매한다는 치밀한 계획을 짰다. 김 연구원은 이 돌연변이 프로젝트 이름을 '웃음꽃 프로젝트'라 명명하고 개인 연구 노트와 개인 노트북에만 실험 결과를 기록했다.

그러니까 나는 웃어야 사는 것이다. 웃는 순간이 살아 있는 순간이며 웃는 순간이 진짜 나인 것이다. 심지어 나를 모태 삼아 태어날 나의 후세도 나처럼 웃어야만 살게 될 것이다. 유전자가 그렇게 코딩되었다니까. 어떤 슬픈 순간이 닥쳐도 웃어야만 사는 삶, 어떤 고통이 뼈를 녹여도 웃어야만 살려두는 삶. 사실 만날 웃음 터트려 대는 나도 웃을 때마다 꽃잎이 보이고 꽃잎이 보일 때마다 웃는 등식이 상당히 난해하기는 했다. 하지만 어느 날 김 연구원 어깨 너머로 노트북 모니터 화면에 가득 펼쳐지는 세포들과 분자들과 자연물 현미경 사진을 엿보다가 꽃잎과 웃음 등식이 문득 이해되었다.

노트북 화면에 펼쳐진 커피의 카페인 분자 사진은 어떤 유명 화가 그림보다 화려하고 판타스틱했으며, 인간과 유사한 면이 많아서 생물학 실험동물로 자주 쓰이는 열대어 제브라피시의 수염 신경망은 꽃보다 아름답게 피어 있었다. 노트북 화면이 넘어갈 때마다 확대되고 재생산되던 모든 생명체들과 모든 자연물들은 세세하게 들여다보면 볼수록 아름다웠고 확대할수록 신비로웠고 파헤칠수록 유일했다. 심지어 악명 높은 유방암 세포조차 분홍색 하트 모양으로 변신해 내 눈을 유혹했다. 나는 크게 고개 끄덕였다. 아하, 그래서 내 몸 세포들이 모종의 작용을 할 때마다 꽃잎이 피어나는 것처럼 보이는구나, 그 바람에 온몸이 간질간질거리는 거구나, 그게 웃음이 되어 터지는 거구나.

하지만 김 연구원이 심었다는 꽃잎이 진짜 꽃잎은 아닐진대 왜 나는 진짜 꽃잎을 보는 걸까, 내 웃음 분자를 이식받은 울쌍 눈에도 꽃잎이 보일까. 울쌍은 고개를 저었다.

─대체 넌 무슨 말을 하는 거니, 여기 동물실험실에 꽃잎이 있을 리가 있니.

그제야 나는 세상을 한 번 휘둘러 보았는데, 내 앞이나 옆이나 뒤나 위나 똑같으면서도 또 다른 내가 있다는 것을 발견하고 깜짝 놀랐다. 그동안 웃기만 하느라 한 번도 내 옆이나 위를 돌아보지 못했다. 웃는 것만으로도 하루가 가득 찼고 더는 다른 것을 시도해 볼 의지도 여력도 없었다. 그랬는데 꽃잎을 젖히고 눈꺼풀을 열고 보니 세상은 넓었고 볼 것도 많았다. 똑같은 케이지에 똑같은 사료통에 똑같은 물통에 심지어 생김새까지 똑같은(표정이나 코털의 개수, 코털의 위치와 방향 따위는 가끔 달랐으려나) 실험동물들이 빽빽이 살고 있었다. 그네들 옆에는 위에는 뒤에는 아래에는 어떤 꽃잎도 보이지 않았다. 꽃잎커녕 꽃 그림자도 없었다. 깨진 꽃향기조차도 없었다.

—그럼에도 나한테만 꽃잎이 보이는 이유는?

나는 울쌍에게 물었다. 동물실험실에 입방한 후 처음으로 웃음기 쫘악 빠진 질문을 던졌다. 울쌍은 최소한 나보다는 하루라도 먼저 이 동물실험실에 입방했고, 나보다는 더 생각이 깊은 것 같았으며, 나보다는 정답을 하나라도 더 알고 있을 것 같았다. 그 증거로 울쌍은 내가 이 실험 케이지 안에서 처음 눈 떴을 때 이미 앞 케이지에 살고 있었고, 내가 웃느라 정신없을 때마다, 넌 왜 그렇게 웃니, 라고 물었고, 아줌마가 숨져갈 때조차 무언가를 더 아는 실험쥐처럼 엄숙하게 굴었다. 무엇보다 옆 케이지 아줌마는 나만 보면 습관처럼 쯔쯔거렸고 덕분에 괜스리 엄마를 떠올려야 했으므로 나는 울쌍에게 질문하고 울쌍에게 답을 얻는 게 더 속편했다. 울쌍은 고개를 갸웃했다.

─너는 꽃잎 실험을 하는 모양이지. 아마도.

─꽃잎 실험?

그건 울쌍식 답변이 아니었다. 그건 답이 아니라 또 하나의 질문이고 늪이었다. 그럼에도 나는 울쌍의 확인 덕분에 그때부터 내가 꽃잎 역할을 부여받았다고 확신했고 그때부터 나는 스스로가 꽃이었다. 나는 이 냄새나고 더러운 동물실험실에서 꽃이 보고 싶을 때마다 꽃을 볼 수 있는 방법이 바로 웃는 거라는 사실도 깨우쳤다. 나아가 나는 동물실험실 모든 실험동물에게 꽃잎 역할을 해야 하며 그들에게 한 개라도 더 꽃잎을 선사해야 한다는 나만의 사명감도 획득하게 되었다. 그 깨우침은 울쌍 도움 없이도 가능했는데, 나는 나날이 꽃잎만 자란 게 아니라 생각도 자랐던 것이다. 특히 나는 나를 똑닮은 실험동물이 하나씩 실험 케이지에서 사라질 때마다, 아줌마처럼 맥락 없이 못생기게 분해될 때마다 미친 듯 웃음꽃을 터트리곤 했는데, 그때마다 웃음이 너무 과해 웃음이 나를 꿀떡 먹어 치우기 전에, 꽃잎이 너무 무성해 내 몸이 갈래갈래 가지 나뉘고 꺾이기 전에, 부지런히 꽃잎을 나눠야 한다는 각성까지 하게 되었다.

─난 꽃잎이 싫어.

울쌍이었다. 나는 울쌍의 투덜거림이 이해되지 않았다. 갈래

갈래 몸이 찢어질 것 같은 간지러움을 감수하면서 애써 토해낸 꽃잎을 거부하다니, 세상에 꽃을 싫어하는 생명체도 있다니. 울쌍이 말했다.

―그래서 난 니가 웃는 것도 싫어.

나는 더욱 울쌍이 이해되지 않았다. 세상에 웃음을 싫어하는 생명체도 있다니, 아마도 울쌍은 동물실험실 케이지 안에서의 삶이 너무 뻔하고 너무 반복적이어서 미쳐버린 모양이었다. 내가 간지럽다 못해 웃음꽃이 만발해 버린 것처럼. 불쌍한 울쌍, 그래서 늘 울쌍이었구나. 그럴수록 급하게 웃음꽃이 발화되었고 그럴수록 마구마구 꽃잎을 날려 주었다. 아하하하 푸하하하핫.

―그러니까 이제 제발 웃지 마.

어쩌면 그래서 나는 울쌍 부탁을 들어줄 수 없었는지도 모른다. 내가 할 수 있는 유일한 일이 웃는 거고, 웃지 않으면 아팠는데 살 수가 없는데 웃지 말라니, 그럼 나더러 죽어버리라는 거냐고 따져야 했지만 울쌍 표정이 하도 슬퍼 보여서 따질 수도 없었다. 대신 나는 울쌍이 딴 곳을 보고 있을 때 웃기로 작정했다. 난생처음 눈치 보면서 웃으려니까 웃음이 자꾸 체했다. 지금 웃어도 되나 걱정하니까 웃음이 피시식 샜다. 꽃잎도 제대로 만발하지 못했고 필연적으로 세포들마저 쭈굴거리기 시작했다.

"스말, 너 왜 이래? 너 어디 아픈 거냐?"

김 연구원이 나를 케이지에서 꺼냈다. 이리저리 내 몸뚱이를 뒤집고 살피며 나를 진찰했다. 뭐가 잘못되었는지 모르겠다는 표정이 눈앞을 왔다 갔다 했다. 나는 잔뜩 꽃잎을 구긴 채 말했다. 내가 웃는 게 싫대요. 김 연구원이 깜짝 놀라 물었다. 누가 그래? 나는 울쌍을 보았다. 울쌍은 나로부터 몸을 돌린 채 베딩 바닥을 파고 있었다. 쟤가요. 김 연구원이 나를 케이지에 내려놓고 울쌍에게 다가갔다. 울쌍이 더욱 울쌍된 표정으로 나를 보았다. 하지만 더는 울쌍을 지켜볼 수 없었다. 울쌍 때문에 구깃구깃 용도 변질되려는 웃음 분자들을 똑바로 펴놓기 위해 내 몸 구석구석을 자체 점검하고 있었기 때문이다.

울쌍은 김 연구원에 의해 동물실험실 밖으로 끌려 나갔다. 막 점검 끝낸 웃음 분자들이 급하게 목젖을 탈출하려 꿈틀거렸지만 나는 애써 10분의 1만 피식 웃었다. 울쌍이 지금 매를 맞고 있을까, 주사를 맞고 있을까, 생각해야 했으므로. 울쌍이 동물실험실 밖에서 무슨 일을 당하고 돌아왔는지 나는 모른다. 나는 울쌍이 동물실험실 밖으로 끌려 나가면 울쌍을 의식해 웃음 수량을 조절하려 기를 쓰는 바람에, 역으로 울쌍이 동물실험실 케이지로 돌아올 때마다 울쌍이 10그램씩 달라졌다는 것도 눈치채지 못했다.

―저 아이는 어쩌다 또 저리 됐누, 쯔쯔쯧.

옆 케이지 아줌마가 또 쯔쯔거렸다. 나는 소스라치게 놀라 웃음보를 터트렸다. 아줌마는 저번에 죽지 않았어요, 아하하핫? 아줌마가 농담처럼 말했다. 죽다 살아났지. 아줌마가 산전수전 공중전까지 겪은 목소리로 말해주었다. 울쌍은 오래전부터 우울증 실험을 하던 중이었는데, 어느 날 갑자기 내가 웃음 실험으로 용도 변경되는 바람에 필연적으로 겹치기 우울증 실험을 감당하게 되었노라고, 매일 시도 때도 없이 웃어대는 나도 쯔쯧이지만 매일 우울한 데다 이제는 죽쌍까지 보태야 하는 울쌍은 더 쯔쯧이라고.

과연 울쌍은 어제보다 더 울쌍이 되어 있었다. 나는 바람 새는 풍선 입구처럼 웃음 새려는 입술을 쫑쫑 모아 다문 채 울쌍을 살폈다. 울쌍은 어제의 울쌍과는 달랐다. 표정이 더 울쌍인 점은 당연히 달랐지만, 눈의 느낌이 분명 어제와 달랐다. 눈언저리가 웃고 있었다. 이상하다. 아줌마 말대로라면 우울증이 겹치고 겹쳐 우울증 그 자체여야 하는데, 저 눈자위를 보니 울쌍도 약간은 웃음을 아는 것 같아. 저것도 김 연구원의 에러일까 김 연구원의 의도일까. 아니면 웃음 모델인 내 눈에는 뭐든 웃음 형태로만 인지되는 걸까.

언젠가부터 나는 하하하 깔깔깔 웃다가 웃음에 체할라치면 얼른 울쌍을 보았다. 울쌍을 보면, 어제보다 더 울쌍인가, 어제보다 더 죽쌍인가, 단 한 개라도 생각이란 걸 해야 했으므로 순간 웃음이 1정도 잦아들던 것이다. 울쌍은 케이지 밖으로 나갔다 올 때마다 어제보다 조금 더 눈가가 웃고 있었는데, 저게 웃는 게 아니라면 혹시 눈주름일까, 우울이 겹치고 겹쳐 눈가까지 우울 그림자가 늘어진 걸까, 갈팡질팡 내 생각까지 시소를 탔다. 생각 빈도만큼 웃음도 2만큼 3만큼씩 잦아들었고. 그때 나와 울쌍 눈이 마주쳤다. 울쌍은 그림자 선명한 눈자위로 내 눈을 보며 힘주어 말했다.

─특히 내 앞에서는.

울쌍 목소리는 떨리기까지 했다. 이상하다. 저것도 에러일까 의도일까. 김 연구원이 동물실험실로 들어왔다. 김 연구원은 나를 먼저 살펴보고 울쌍을 살피기 시작했다. 울쌍은 김 연구원이 듣지 못하게 최대한 작은 목소리로 덧붙였다. 나는 하나라도 놓칠세라 열심히 귀 기울였다. 그 순간만큼은 나도 아하하하 웃지 않았다.

─니가 웃을 때마다 내 가슴이 너무 아파.

나는 놀라서 김 연구원을 올려다보았다. 자신 실험 역할에 올인하지 못하고 대조군 실험 역할에 감정 이입되는 순간 울쌍은 마취통으로 던져진다. 그동안 감정 불량 난 실험쥐가 마취통 속에 던져져 불명예스러운 죽음 거품을 뻐끔뻐끔 물고 죽어 가는 과정을 얼마나 많이 보아 왔던가. 김 연구원은 자신만의 연구 노트에 울쌍의 변화와 상태를 체크하고 기록하느라 바빴다. 다행이었다. 김 연구원이 마지막 순서로 울쌍 똥꼬를 체크하기 위해 울쌍 꼬리를 들고 울쌍 몸뚱이를 허공에 반 띄웠다. 울쌍은 앞발로 케이지 바닥에 널린 베딩 가루라도 잡으려 기우뚱 갸우뚱 꼴사납

게 버둥거렸다.

 순간 내 목젖이 떨어져 나갈 듯 웃음보가 터져야 마땅했지만 나는 웃지 못했다. 나는 적이 당황했다. 내 손가락이나 발가락 사이에서 더는 꽃잎이 피어날 것 같지 않은 불길한 예감마저 치고 들었다. 불안이 치고 들수록 웃음꽃은 그림자까지 꽁꽁 더 멀리 더 깊이 숨어버렸다. 나는 우수수 꽃잎 지는 한숨을 몰아쉬며 울쌍을 보았다. 울쌍은 그새 베딩 속으로 들어가 버렸다.

 뭐지, 울쌍은 대체 무슨 역할인 거야.

 울쌍이 숨어버렸으므로 대답해 줄 생명체는 없었다. 옆 케이지 아줌마조차 다시 영원한 침묵에 빠졌는지 아무 소리도 들리지 않았다. 김 연구원은 내 질문 따윈 듣지도 않았다. 김 연구원은 매일 한 번씩 내가 오늘은 몇 번 웃었는지를 확인하고, 웃음 강도 따위를 확인하고, 웃음 진폭 따위를 확인하고, 웃음 종류, 웃음 연속성 따위를 확인하지만 그때마다 내가 어떤 말을 하고 어떤 반응을 하는지는 확인하지 않았다. 나는 김 연구원에게는 어떤 답도 들을 수 없다는 걸 잘 알고 있었다. 그럼에도 울쌍 말이 하도 이상해서 물어볼 수밖에 없었다.

 ─김 연구원님, 지금 내 세포를 쑤셔볼 게 아니라 울쌍을 살펴봐야 할 거 같아요.

 김 연구원은 노트북 모니터와 내 세포 사이에서만 오락가락했다. 나는 애가 탔다. 김 연구원님, 울쌍이 이상하다고요, 울쌍이 아픈 것 같다고요. 소용없었다. 김 연구원은 오늘 내가 두 번이나 덜 웃었다는 걸 확인하고 애꿎은 내 세포들을 헤쳐댔다. 이상 없는데, 어제처럼 그제처럼 세포마다 정상 작동하고 있는데, 그런데 왜 어제처럼 그제처럼 웃지 않을까, 어디서 에러가 났을까. 나는 웃음보 대신 복장이 터질 것 같았다. 김 연구원님, 울쌍이 이상하다니까요! 그때 나는 희미하지만 정확하게 들었다. 축축하고 냄새나는 베딩 속에서 스며 나오는 눅눅한 목소리를.

─부디 웃지 않는 너를 다시 볼 수 있길 바라.

나는 마음이 급해졌다. 김 연구원 손아귀에서 벗어나려 발버둥 쳤다.

─울쌍! 왜 그래, 어디 가?

울쌍은 답이 없었다. 설마 아줌마처럼 갑자기 죽음에 드는 건 아니겠지, 왜 다들 갑자기 나만 두고 사라지는 걸까.

─울쌍, 나만 두고 가지 마, 아줌마도 어제부터 아무 소리도 안 나고, 울쌍, 나만 두고 어디 가지 마?

울쌍은 베딩 속에서 움직임이 없었다. 애초 울쌍은 내가 존재해야만 존재할 수 있는 대조 실험군이었다. 행복이 존재하면 불행이 존재하듯 웃음 모델이 존재하므로 우울 모델도 존재해야 했다. 따라서 내가 동물실험실 케이지에 살아남아 있는 한, 울쌍은 절대 어디로 가서도 사라져서도 안 되는 것이었다. 자신 실험 역할을 거부하거나 도망쳐서도 안 되는 것이었다. 울쌍은 내가 존재하고 내가 웃는 한 반드시 건너편 케이지에 울쌍다운 생명체로 우울하게 존재해야 했다. 그게 동물실험실 법칙이니까. 그런데 대답이 없다. 어디선가 죽음 냄새가 났다. 꽃잎 자체로 살아온 나로서는 처음 맡아보는 냄새였지만 즉각 그 냄새 정체를 알았다. 생즙 된 피 냄새, 생즙의 비릿함마저 뭉개버리는 냄새.

 ─김 연구원님, 울쌍이 죽었나 봐요, 울쌍에게 대체 무슨 실험을 한 거예요?

김 연구원은 대답하지 않았다. 동물실험실에서 유일하게 답해주고 내 말을 들어주던 울쌍은 그렇게 떠났다. 동물실험실 케이지에는 나만 남았다. 김 연구원은 나를 새 케이지로 옮겨주었다. 특별한 주사도 놓아주었다. 피곤함을 치료하는 주사야, 매일 웃느라고 에너지가 방전된 것 같은데, 주사 맞고 기운 내서 다시 웃어라. 김 연구원은 웃지 않으면 울쌍처럼 될지도 모른다고 앞으로는 더욱 열심히 웃어야 할 거라고 엄포까지 보태어 주사했다.

 ─으하하하핫, 푸하하핫하.

나는 다시 웃기 시작했다. 내 겨드랑이에서 꽃잎들이 간질간질 피어났다. 아하하하, 나는 최대한 열심히 웃었다. 내 발가락 사이에서 손가락 사이에서 손톱에서 발톱에서, 강수량 0퍼센트인 아타카마 사막에서 기적처럼 꽃들 피어나듯 꽃잎들이 피어났다. 초창꽃 닮은 꽃잎이 알타미르라 닮은 꽃잎이 냉이꽃 닮은 꽃잎이 사랑초꽃 닮은 꽃잎이 저 홀로 또는 무리 지어 무시로 피어났다. 꽃잎들은 수시로 아하하하 깔깔깔깔 흩어졌다. 웃음을 멈출 수가 없었다. 가끔 너무 웃어 목이 아프면 물을 할짝거리며 할짝, 할짝, 웃었다. 그 사이 사이로 울쌍 목소리가 끼어들었다.

—부디 웃지 않는 너를 다시 볼 수 있길 바라.

나는 물통 꼭지에서 약 오르게 떨어지는 물방울을 할짝대다 말고 잽싸게 시선을 들었다. 어디에도 울쌍은 없었다. 매일 울쌍에다 화내는 것 같던 그 죽쌍 얼굴이 이토록 보고 싶을 줄이야, 매일 눈앞에 있을 때는 기억 한번 안 나던 그 목소리가 이토록 듣고 싶을 줄이야. 나는 울쌍의 말을 곰곰 되새겨 보았다. 말의 행간을 짚어 보았다. 부디 웃지 않는 나를 다시 볼 수 있기를 바란다면, 그러면 나는 웃지 않아야만 울쌍을 볼 수 있을까. 오도도독 사료를 깨물다 말고 별안간 웃음이 폭죽 터져 버렸다. 하지만 죽어버린 울쌍을 어떻게 다시 만난단 말야, 드디어 나까지 미쳐버린 거야? 파하하하핫, 내 입에서 튀어 나간 사료 가루를 뒤집어쓴 채 머리를 털어대던 그 언젠가의 울쌍에게 따지듯 물었다.

—울쌍, 내가 웃지 않으면 어떻게 되는지 알려줘.

나는 다급하게 문장을 이어 붙였다.

—내가 웃지 않으면, 그러면 울쌍 너도 대조군 실험을 하지 않아도 될 건데, 내가 웃지 않으면 울쌍 넌 어떻게 되는지부터 알려줘.

울쌍은 대답이 없었다. 연이어 웃음보가 터졌다. 울쌍이 살아

돌아오지 않는 한 대답은 불가능한 일이야, 미쳤군 미쳤어, 나는 아하하하 깔깔깔깔 자지러지면서 울쌍이 기거하던 케이지를 건너다보았다. 웃다 웃다 양 눈꼬리에 이힛,이힛, 웃음 젖은 눈물방울을 두 개나 매단 채 울쌍 이름표를 더듬었다. 사막에서 물 찾듯 이름표 속에서 울쌍을 건져내기라도 할 것처럼.

'웃음 장애를 극복하기 위한 우울 장애의 표준 모델1
−부제 : 웃음 코드 교란과 관련하여 웃음 코드 삽입 및 우울 코드 제어를 실험하기 위한 도너 서브 모델1'

세상에나 저렇게 긴 이름표도 있다니, 파하하핫, 세상은 넓고 의아한 것투성이였다. 나도 나를 제어할 수 없었다. 이름이 저래 길어서야, 아하하하, 핫핫핫, 내가 선견지명이 있었구만, 크크흐흐홋. 나는 웃음을 꾸역꾸역 토하면서 생각했다. 울쌍에겐 울쌍이란 이름이 훨씬 더 잘 어울린다고, 정말 울쌍다운 이름이라고.
−쯔쯔, 쟤 엄마는 얼마나 속이 터질까.
어디서 또 아줌마 목소리가 들렸다. 나는 사방을 두리번거렸다.
−부디 웃지 않는 너를 다시 볼 수 있길 바라.
나는 벌떡 케이지 바닥을 박차고 일어났다. 울쌍은 지금 나를 기다리고 있다! 틀림없이 '다시' '볼 수' 있다! 내 겨드랑이에서 꽃잎이 피어나고 내 발가락 사이에서 꽃잎이 피어나고 내 손톱에서 내 머리칼에서 꽃잎이 피어날 때마다 웃어대느라 세상 모든 것을 간과한 채 살아야 했지만, 그래서 날마다 웃느라 지치고 지친 덕분에 나에게 울쌍의 우울 코드를 접합하기 위한 수술이 바로 오늘 오후 예정되어 있다는 사실을 나만 간과하고 있다는 걸 순간 알아버렸다.

김 연구원 연구 과제는 그새 또 방향을 틀었다. 웃음이 과한 모델에게는 우울 코드를, 우울이 과한 모델에게는 웃음 코드를 접합하는 수술을 시행함으로써 적절한 웃음과 우울이 교차 되는 모세포를 만들어 인간에게 이식, 균형 잡힌 감정을 소유한 인간을 창조하겠다는 새로운 목표가 생겨난 것이다. 이로써 김 연구원은 모든 발견과 창조는 에러와 우연의 연속 중 아주 사소한 일부임을 또 한 번 증명한 셈이 되었고, 덕분에 울쌍은 나보다 먼저 생체 해부에 동원되었고, 나는 울쌍 다음으로 생체 해부가 예정되었다.

헌데 나는 울쌍 최후를 짐작도 못 했는데 울쌍은 나의 최후를 어떻게 알고 그런 말을 했을까. 울쌍에게 물어보고 싶어도 울쌍 케이지에는 이제 이름표마저 떼어지고 아무것도 남아 있지 않았다. 이름표대로 따박따박 울쌍을 불러보면 이름표 안의 울쌍이라도 대답 해줄까 열심히 이름표 글자들을 되새김질해 앞뒤를 이어보지만 소용없었다. 웃느라 모든 에너지가 방전된 내 기억력으로는 이름표 한 토막도 제대로 토해내기 어려웠다. 어흐흐흐 어흐, 울쌍을 기억하려는 웃음소리가 자꾸만 목구멍에 걸렸다. 대신 울쌍 목소리만 계시처럼 내 귓가를 맴돌았다. 그날 몸속 깊이 하울링 되어 스몄던 웃음꽃 메아리처럼.

―부디 웃지 않는 너를 다시 볼 수 있길 바라.

◆◆ 작가의 말

### '어렵고 신박한' 첫 번째 소설집 『신낙엽군과 킹왕짱』을 엮으며

이진-정환(시인·소설가)

첫 번째 소설집 『신낙엽군과 킹왕짱』을 엮으면서, 작가의 말 쓰기가 제일 힘들었다.

세 번째 작가의 말을 다시 쓰는 중이다.

그동안 내 글을 읽은 독자 반응은 대체로 두 가지였다.

어렵다.

신박하다.

부러 글을 어렵게 쓰는 게 아니다.

드라마작가 수업을 들을 때 '가장 좋은 작가는 가장 쉬운 말로 가장 깊은 감동을 이끌어낸다'라는 명언을 들었다. 이후 책상 앞에 그 말을 써 붙여 놓고 어렵지 않은 글을 쓰려고 노력했다. 그럼에도 독자가 내 글을 어렵게 읽었다면, 순전히 내 잘못이다. 노력했으나 성글게 세상을 이해했고 성글게 세상을 번역했다는 뜻이 되겠기에.

　한 가지 분명한 점은 부러 어렵게 쓰려고 해서 어려워진 게 아니다.

　실험동물 '이름표'를 예로 들자면, '대를 이어 가난한 쥐의 돌연변이 현상을 비교 연구하기 위한 검토군 0-1-1'('넌 너의 기억을 믿니'에서 발췌)이란 긴 이름표는 내 글을 읽는 독자를 괴롭히기 위해 써 붙인 이름표가 아니다. 개개의 단편에서 '이름표'는 각자 실험동물의 운명, 또는 그 실험동물이 세상을 살아 나갈 책임과 의무 따위를 상징하는데, 알다시피 운명이란 것이 딱 한 단어로 정의되지는 않는다. 가끔은 '사랑'일 수도 있고 가끔은 '복수'일 수도 있으며 가끔은 '눈물'일 수도 있고 가끔은 '고통'일 수도 있고 가끔은 '사랑과 복수'처럼 복합적일 수도 있다. 운명을 명쾌하게 한두 단어로 정의할 수 없기에 개개 실험동물 이름표도 몇 개 똑똑한 단어 조합으로 써 붙일 수 없었고, 복합적으로 길어질 수밖에 없었고, 이것들이 모여 어렵게 읽혔을지도 모르겠다.

　이렇듯 이번 소설집에 등장하는 단편마다 실험동물 역할이나 이름표, 실험 내용, 실험 케이지, 동물실험실, 00연구소, K연구원 등등은 모두 각자 역할과 은유와 상징이 치밀하게 조각되어 있다. 그 상징과 은유를 따라 글을 읽는다면 결말까지 읽어가는 동안 주인공이 어떤 결말에 이를까, 어떤 샛길로 빠질까, 내심 궁금하지 않을까. 그러자 독자가 또 말했다. 굳이 소설을 상징까지 파악해 가며 어렵게 읽을 필요가 있나요? 독자들은 일단 재미없으면 덮어버리거든요. 맞다. 그럼에도 그 실험 내용이나 이름표, 실험 케이지, 동물실험실, 00연구소, K연구원 등등이 어떤 상징인지 어떤 은유인지를 딱 부러지게 밝히지 못하는 이유가 있다.

작가는 자신 작품에 대해서 왈가왈부해서는 안 된다고 배웠기 때문이다.

『인생』이란 작품을 쓴 중국 작가 위화도 그의 작품 서문에,

"모든 작품은 누군가가 읽기 전까지는 단지 하나의 작품일 뿐이지만, 천 명이 읽으면 천 개의 작품이 된다. 만 명이 읽으면 만 개의 작품이 되고, 백만 명 혹은 그 이상이 읽는다면 백만 개 혹은 그 이상의 작품이 된다."

(『인생』, 2007년 한국어 개정판 서문 10페이지, 푸른숲)고 했듯, 작가가 소설을 쓴 뒤 '작가의 말'에 자기 소설에 대한 주제와 내용과 그 속뜻과 상징과 은유 등을 소상히 밝힌다면, 독자는 천 개의 길, 만 개의 길, 백만 개의 길을 미처 발견하기도 전에 '작가의 말'에서 제시해 준 정해진 길로만 걸어 들어가게 되겠기 때문이다. 작가의 말에서 얻어들은 선입견이 끼어들면 더 이상 독자 고유의 상상이나 샛길 발견이 불가능하겠기 때문이다. 그럼에도 굳이 이

름표 예를 들어 약간 설명을 붙인 이유는 왜 그렇게 말도 안 되게 길고 어려운 이름표를 붙였느냐, 작가의 치기 아니냐, 설익은 유식을 자랑하느냐, 등등 오해가 생기면 슬프겠기에 그렇다.

다만 앞으로 독자들의 '어렵다'라는 질타를 겸허히 받아들여, 실험동물 말을 번역하거나 그밖의 사물이나 대상이나 생명체나 세상이나 인간의 말을 번역할 때 좀 더 잘 이해되도록 최선 다해 의역해야겠다는 각오를 다진다. 당연히 작가인 나는 실험동물 대변인이 아니라 인간의 대변인이 되어야 하니까. 그런 까닭에 글 행간마다 우리 인간 삶이, 희로애락이, 생로병사가 그 의도를 눈치챌 수 없게 은근히, 조용하게, 투영되었다고만 밝히고 넘어간다.

신박하다,는 평은 약간 수긍이 간다.

그동안 우리 소설 토양에서 별로 다루어지지 않던 소재나 주제를 많이 다루기 때문에 좀 특이하고 신기한 생각은 들 수 있겠다. 내가 처음 실험동물을 마주했을 때 그 충격과 그 경이로움은 절대 잊지 못할 것이다. 우선 가장 흔히 '사용되는' 실험동물이, 우리 인간이 가장 혐오하고 가장 싫어하는 '쥐'라는 사실이 끔찍했고 충격이었으며, 그럼에도 보면 볼수록 그 실험동물이 바로 그 '잘난' 인간을 똑닮아 있다는 사실이 경이로웠다. 유전자도 85퍼센트가 유사하고, 장기 기본 구성마저 똑같다고 하니, 어느 순간부터 내 눈에는 실험동물이 작은 인간으로 보이기 시작했다. 아이러니하게 하필 내가 가장 혐오하고 싫어하는 쥐가 인간 대역을 하고 있던 것이다.

실험 케이지에 갇힌 작은 인간들을 보면서 온갖 생각과 사념들이 들고 났다.

누가 저들을 실험동물로 쓰라고 허락했는가.

누가 저들을 인간 대신 고통받고 인간 대신 아프고, 인간 대신 몇 날 몇 시에, 실험 스케줄에 의해 죽어가게 했는가.

저들은 저 실험 케이지 안에서 대체 무슨 생각으로 인간을 바라보는가.

저들의 실험 내용, 즉 몸뚱이와 행동은 진실을 말하는가, 페이크(fake)인가.

하루는 어떤 랫트(rat : 실험동물의 일종)가 막 실험이 끝난 후 상처가 선명하게 드러난 꼬리를 두 손으로 받쳐 들고 실험 케이지 한 가운데 오도카니 서서 나를 바라보았다.

그때 나는 들은 것 같다.

'나 아파. 이거 어쩔 거야. 내 꼬리 돌려줘.'

어쩌면 그 눈물 그렁한 눈이 나로 하여금 이런 신박한 소설을 쓰게 만들었는지도 모른다. 평생 써도 다 써내지 못할 이야기들이 내 노트북과 내 기억과 내 메모장에 쌓였다. 그중 몇 장면 꺼냈을 뿐이다. 이 과정에서 앞서 말한 대로 내가 실험동물 말을, 생각을. 인간의 말과 생각으로 번역하는 게 서툴러서 좀은 '어렵게' 써졌던 것 같다.

이 점, 앞으로도 쭉 노력해야 할 나의 숙제다.

하지만 욕심부리지 않을 것이다.

독자들이 내 소설집을 읽고 한 문장이라도 밑줄 칠만한 게 있다면, 고개 끄덕일 부분이 있다면, 우선 그것으로 만족할 것이다. 천차만별 각자 운명과 생을 영위하는 독자들을, 각자 그 자체로 고유한 우주인 독자들을, 한 문장으로라도 고개 끄덕이게 할 수 있었다면, (현재 시점으로 볼 때) 그것만으로도 대단하지 않은가.

아, 그중 몇 퍼센트 독자에게서는, 잘 읽었어요, 정말 재밌었어요, 어떻게 이런 생각을 다했어요. 팬이 될 것 같아요, 이번 달의 수작이네요(이승하 월평, 『한국소설』 2022년 10월 357페이지), 단숨에 읽었어요, 꼭 내 이야기 같아요, 이거 다음 이야기도 있는 거죠? 문장이 막힘없이 술술 읽혀요, 라는 말도 들었다. 고맙고 감사하다. 오늘도 내일도 글 쓰는 일이 즐겁고 책 읽는 일이 기쁜 한 소설 쓰기와 책 읽기를 멈추지 않을 것이다.

다만, 이 책 일부 내용 때문에 과학과 의학 일선에서 최선 다하는 연구원과 의료진들이 불편하지 않기를 바란다. 그들이 있어 인간이 치료받을 수 있었고 오래 살게 되었으니까 외려 감사해야 한다. 정말 다만, 과학과 의학과 문학이 『신낙엽군과 킹왕짱』이라는 무대 위에서 '소설'이란 외투를 입고 우연히 조우했을 뿐이다.

2025년 6월,
한양도성 성곽에서, 이진

▶수록 작품 발표 지면

「주름 만들기」_『2021 신예작가』
「넌 너의 기억을 믿니」_『한국소설』 2022년 9월
「스타를 꿈꾸는」_『문예연구』 2022년 가을호
「숙제」_『눌인문학』 2023 제12호
「신낙엽군과 킹왕짱」_『문예운동』 2023년 겨울호
「아이엠」_『충청예술문화』 2023년 12월, 2024년 1월
「샴 이야기」_『내일을여는작가』 2023년 겨울호
「하루만 더」_『표현』 2024년 여름호
「꿈을 설계합니다」_『문학저널』 2024년 여름호
「웃음꽃」_『월간문학』 2024년 8월

## 신낙엽군과 킹왕짱

초판 1쇄 인쇄 2025년 7월 29일
초판 1쇄 발행 2025년 7월 31일
저　자　이진-정환
발행인　박지연
발행처　도서출판 도화
등　록　2013년 11월 19일 제2013-000124호
주　소　서울시 송파구 중대로34길 9-3
전　화　02) 3012-1030
팩　스　02) 3012-1031
전자우편　dohwa1030@daum.net
인　쇄　(주)유진보라
ISBN 979-11-92828-91-6 *03810
정가 15,000원

잘못 만들어진 책은 교환해 드립니다.
저자와 출판사의 허락 없이 책의 전부 또는 일부 내용을 사용할 수 없습니다.

도화道化, fool는
고정적인 질서에 대한 익살맞은 비판자,
고정화된 사고의 틀을 해체한다는 뜻입니다.